D1593017

EXTERMINIO

EXTERMINIO

La verdadera historia de sangre
y muerte que supuso la conquista

MARIO ESCOBAR

GRUPO NELSON
Una división de Thomas Nelson Publishers
Desde 1798

NASHVILLE   DALLAS   MÉXICO DF.   RÍO DE JANEIRO

Editora General: *Graciela Lelli*
Diseño del interior: *www.Blomerus.org*
ISBN: 978-1-60255-744-4

Impreso en Estados Unidos de América

12 13 14 15 16 QG 9 8 7 6 5 4 3 2 1

*A todos los amigos americanos, que buscan el perdón y
la reconciliación de nuestros pueblos.*

*A mi esposa,
siempre tan bella por dentro como por fuera.*

A mis hijos, que un día leerán mis libros.

✠

«Cuando se salían los españoles de aquel reino dijo uno a un hijo de un señor de cierto pueblo o provincia que se fuese con él; dijo el niño que no quería dejar su tierra. Responde el español: "Vete conmigo; si no, cortarte he las orejas". Dice el muchacho que no. Saca un puñal e córtale una oreja y después la otra. Y diciéndole el muchacho que no quería dejar su tierra, córtale las narices, riendo y como si le diera un repelón no más».

—BREVÍSIMA RELACIÓN DE LA DESTRUCCIÓN DE LAS INDIAS

«No y mil veces no, ¡paz en todas partes y para todos los hombres, paz sin diferencia de raza! Sólo existe un Dios, único y verdadero para todos los pueblos, indios, paganos, griegos y bárbaros. Por todos sufrió muerte y suplicio. Podéis estar seguros de que la conquista de estos territorios de ultramar fue una injusticia. ¡Os comportáis como los tiranos! Habéis procedido con violencia, lo habéis cubierto todo de sangre y fuego y habéis hecho esclavos, habéis ganado grandes botines y habéis robado la vida y la tierra a unos hombres que vivían aquí pacíficamente . . . ¿Creéis que Dios tiene preferencias por unos pueblos sobre los demás? ¿Creéis que a vosotros os ha favorecido con algo más que aquello que la generosa naturaleza concede a todos? ¿Acaso sería justo que todas las gracias del cielo y todos los tesoros de la tierra sólo a vosotros estuvieran destinados?»

—BARTOLOMÉ DE LAS CASAS

«*Las Indias, refugio y amparo de los desesperados de España, iglesia de los alzados, salvoconducto de los homicidas, pala y cubierta de los jugadores*».

—MIGUEL DE CERVANTES

«*El sistema español propició una igualdad humana que no creó el sistema anglosajón. No hubo ningún racismo en la colonización española; laicos y religiosos sentían que todos, indios y españoles, eran hijos de Dios, iguales en dignidad personal. Sabían que las diferencias entre unos y otros no eran congénitas, sino debidas a una serie de importantes circunstancias, que hacían grande el desnivel cultural entre ellos mismos y aquellos hombres recién encontrados*».

—JOSÉ CARLOS ALBESA

REVISTA *ARBIL* Nº 64

«*La obra de Las Casas es disparatada desde sus descripciones de aquellas tierras a sus estimaciones demográficas, pasando por la atribución que hace a los españoles de unas masacres que no han sido posibles ni en el siglo XX, con organizaciones muchísimo más nutridas y tecnificadas. Sin embargo, o quizá precisamente por tales exageraciones que desafían al sentido común, la obra de Las Casas ha sido difundidísima en Europa, e interesadamente creída*».

—PÍO MOA

«*Todas las gentes del mundo son hombres*».

—BARTOLOMÉ DE LAS CASAS

PRÓLOGO

✠

LA JOVEN VOLVIÓ LA VISTA ATRÁS y miró a la jauría de perros que la seguía. Sus fauces brillaban entre las luces que penetraban por los resquicios que la selva le dejaba al sol. Respiró hondo y tomó impulso. En su poblado todos hablaban de lo resistente que era nadando y la fuerza de sus delgadas piernas morenas. Sabía que, si llegaba al precipicio y saltaba, estaría a salvo. Las ramas le golpeaban la cara, su pelo largo y negro se enredaba por las lianas, pero no dejaba de correr. A lo lejos escuchaba el ladrido de los perros y la furia de los españoles, macheteando la arboleda para alcanzarla.

Yoloxochitl había sido la única que se había resistido a los españoles, cuando estos arrasaron sus chozas. Provenía de una familia noble y era hija de Carib, uno de los caciques más importantes de la isla. Su pueblo conocía desde hacía tiempo a los españoles, pero ahora habían venido para quedarse. Un año antes, el cacique Hatuey había venido de La Española, para advertirles y levantarles contra los castellanos, pero los caciques pensaban que los hombres blancos traerían paz y prosperidad a su pueblo y se habían negado a enfrentarse a ellos. Hasta su padre, Carib, había aceptado el gobierno de Diego Velázquez. En cuanto el número de españoles creció, su crueldad fue en aumento. Ahora todos eran sus esclavos y no había taíno que escapara a su crueldad.

La joven sentía cómo sus piernas comenzaban a flaquear, le faltaba el aire en los pulmones y le punzaban los profundos arañazos producidos por las ramas. Entonces llegó hasta el acantilado, miró al vacío, contempló las olas espumosas sobre los riscos y se quedó quieta unos segundos, mientras sentía el calor del sol en la cara. Cerró los ojos y se lanzó hacia delante, pero en ese momento uno de los perros le atrapó la pierna e hincó sus fauces hasta los huesos de la muchacha. Yoloxochitl gritó con todas sus fuerzas. En los últimos meses había experimentado muchas veces el dolor. Sabía lo que era sentir un látigo en la espalda, había sido forzada varias veces por su encomendero y castigada a permanecer atada durante horas, pero el dolor producido por un mordisco de aquellas bestias inmundas fue aún peor.

Yoloxochitl se retorció y observó los ojos inyectados en sangre del animal. Otros cuatro alanos la rodeaban sin atreverse a morderla, mientras su líder no dejaba de apretar los dientes. La joven sintió que le iba a partir la pierna y estuvo a punto de desmayarse presa del dolor.

Entonces se escuchó un disparo de arcabuz. Un ligero olor a pólvora invadió aquel apartado claro de selva y los españoles que habían llegado jadeantes tras sus perros miraron hacia el lugar del que provenía el bombazo.

Un cura se acercó corriendo. Llevaba el arma en ristre y una espada en la mano. Dos soldados sacaron sus hierros e intentaron interponerse entre el cura y los perros.

Uno de ellos levantó las manos y gritó:

—No le hagáis nada. Es el padre Bartolomé, el confesor de Velázquez.

Los soldados se detuvieron en seco. Uno de ellos agarró a los perros y todos se apartaron de la joven. Yoloxochitl permanecía en el suelo, con el perro muerto clavándole su mandíbula. El cura se acercó hasta la muchacha, apartó a la bestia y le miró la herida. Afortunadamente había llegado a tiempo, aquellas bestias eran capaces de destrozar un cuerpo en pocos minutos.

—¡Malditos hijos de Satanás! ¿Quién os autorizó a torturar a esta hija de Dios? —preguntó furioso el padre Bartolomé de las Casas.

—Ha escapado de su encomendero después de herirle con un cuchillo —dijo uno de los soldados.

—Es la hija del cacique Carib. ¿Queréis empezar una guerra? —dijo el cura. Después tomó a la joven en brazos y la llevó hasta su caballo. La tumbó con cuidado sobre el animal y comenzó a caminar despacio hacia la villa.

Todos le miraron sorprendidos. Conocían al sacerdote. Les había acompañado con Velázquez en muchas conquistas, había participado con ellos en la tortura de muchos indígenas y se había dividido con ellos el botín. ¿Qué demonios le sucedía? ¿A quién le importaba la hija de un miserable jefecillo indio? —se preguntaban los soldados. Pero si hubieran observado con más atención el rostro de Bartolomé de las Casas, habrían observado una mirada distinta. Los ojos de un hombre diferente, que veía horrorizado cómo se destruía aquel paraíso.

PARTE 1

no son bestias

1

EL NUEVO HOMBRE

Santo Domingo, Isla de la Española, 21 de diciembre de 1511

EL DOMINICO SUBIÓ AL PÚLPITO Y comenzó la lectura del Evangelio de San Juan, capítulo uno, verso veintitrés. Después hizo una larga pausa y observó a las autoridades de la isla. En la primera fila estaba Diego Colón con sus hombres de confianza y capitanes; después los distintos oficiales, soldados, marineros, colonos y comerciantes; en las últimas filas, de pie, algunos indios convertidos que no dejaban de ir a misa todos los domingos.

Montesinos volvió a bajar la mirada y respiró hondo. Su voz fuerte y ronca retumbó en la iglesia de piedra a medio construir:

—Para dároslo a conocer me he subido aquí, yo que soy voz de Cristo en el desierto de esta isla; y, por tanto, conviene que con atención, no cualquiera sino con todo vuestro corazón y con todos vuestros sentidos, la oigáis; la cual será la más nueva que nunca oísteis, la más áspera y dura y más espantable y peligrosa que jamás no pensasteis oír. Esta voz os dice que todos estáis en pecado mortal y en él vivís y morís, por la crueldad y tiranía que usáis con estas inocentes gentes. Decid ¿con qué derecho y con qué justicia tenéis en

3

tan cruel y horrible servidumbre aquestos indios? ¿Con qué autoridad habéis hecho tan detestables guerras a estas gentes que estaban en sus tierras mansas y pacíficas; donde tan infinitas de ellas, con muerte y estragos nunca oídos habéis consumido? ¿Cómo los tenéis tan opresos y fatigados, sin dalles de comer ni curallos en sus enfermedades en que, de los excesivos trabajos que les dais, incurren y se os mueren y, por mejor decir, los matáis por sacar y adquirir oro cada día? ¿Y qué cuidado tenéis de quien los doctrine y conozcan a su Dios y criador, sean batizados, oigan misa, guarden las fiestas y domingos? Estos, ¿no son hombres? ¿No tienen ánimas racionales? ¿No sois obligados a amallos como a vosotros mismos? ¿Esto no entendéis? ¿Esto no sentís? ¿Cómo estáis en tanta profundidad de sueño tan letárgico dormidos? Tened por cierto que en el estado en que estáis no os podéis más salvar que los moros o turcos que carecen y no quieren la fe de Jesucristo.

El templo se quedó en silencio. El monje observó a la congregación. La mayoría eran poco más que mendigos cuando llegaron a La Española y ahora vestían los mejores trajes de Flandes y estaban cubiertos de oro. Aquellos hombres valientes e intrépidos se habían convertido en avariciosos explotadores.

Bartolomé sintió como si aquellas palabras le arrancaran dos duras costras de los ojos. Tras su regreso de España se había ordenado sacerdote, en un viaje a Roma con su amigo Hernando Colón. Lo cierto era que apenas había ejercido su oficio, más preocupado como estaba de alcanzar fama y fortuna, pero las palabras de Montesinos dejaban su alma desnuda frente a la cruel realidad.

El monje abandonó el púlpito y se dirigió hacia la salida. En esta ocasión no esperó en la entrada para saludar a los asistentes, se dirigió a la selva y subió a la montaña. Se sentía como San Juan Bautista, alejado del pueblo y condenado a vivir en soledad. Sabía que sus palabras no habían dejado indiferente a nadie, pero que sus compatriotas eran tercos y estaban endurecidos por sus muchas riquezas.

La congregación salió en silencio y se dirigió a la plaza principal. Allí surgieron los primeros corrillos, el más nutrido era el de Diego Colón.

—Ese monje se ha salido de madre —comentó el procurador Pérez.

Diego Colón parecía meditabundo. Había heredado la piedad de su padre Cristóbal, pero también su avaricia.

—Tendremos que hablar con el metropolitano. Hoy mismo redactaremos la carta —comentó el secretario Domingo.

Bartolomé se acercó al grupo y escuchó en silencio hasta que el gobernador le dijo:

—¿Qué pensáis vos?

Bartolomé se quedó en silencio unos segundos. Intentó ocultar sus pensamientos, pero no pudo evitar decir la verdad:

—Creo que fray Montesinos tiene razón. En estos años he visto todas las atrocidades que se han hecho contra los indios. Algunas estaban justificadas en parte por la guerra, pero la mayoría provenían de la oscura alma de los hombres. Hemos esclavizado a esa gente y apenas les hemos evangelizado.

Todos miraron sorprendidos a Bartolomé. Si alguien era ambicioso, codicioso e implacable era él . . . ¿por qué hablaba ahora así?

—Veo que os han impactado las palabras de Montesinos. Los dominicos viven de los indios igual que el resto de nosotros. Debemos mandar las riquezas al rey y atraer a nuevos colonos, ¿Cómo lo haríamos si no les prometiéramos el oro y la encomienda? —preguntó Diego Colón.

—No lo sé, pero Montesinos tiene razón y alguna cosa habrá de hacerse —comentó Bartolomé disgustado. Todos le miraban con ojos inquisidores, pero él, desafiante, no les apartó la mirada.

Bartolomé se despidió y con uno de sus sirvientes se dirigió hacia su casa. Intentó olvidar las palabras del dominico. Al fin y al cabo, aquellos no eran hombres como ellos. Eran poco más que bestias que Dios les había dejado a su cargo para protegerlas y sacarles provecho, él lo haría lo mejor posible. En unos años, regresaría rico a España y podría descansar de todos sus trabajos.

2

LA HIJA DEL CACIQUE

Los pasos de Fernando de Pedrosa y los alguaciles se pararon frente a la puerta de Bartolomé de Las Casas. Vivía en una residencia de dos plantas a imitación de las castellanas, situada cerca de la Plaza Mayor. La comitiva tocó con fuerza la puerta y uno de los siervos de Bartolomé salió a abrir.

—¿Dónde está tu señor? —preguntó el alguacil.

—Es tarde y duerme . . .

—¡Maldición! ¡Pues despiértalo! En nombre del Rey, tiene que venir con nosotros de inmediato —gritó el alguacil.

El joven indio Marcos corrió hasta el patio central, subió los escalones de dos en dos y entró en el aposento de su señor.

—Amo . . .

—Ya he oído las voces —dijo Bartolomé tranquilizándole.

Marcos se sintió más sosegado al ver la serenidad del sacerdote. Aquel hombre había sido su mejor encomendero. Trataba bien a todos, era generoso y justo.

Bartolomé bajó las escaleras lentamente y se dirigió a la puerta vestido aún con su ropa de cama. Miró a los hombres, cuyos rostros parecían más sombríos a la luz de las antorchas, e hizo un gesto para que hablasen. El semblante de Fernando de Pedrosa destacaba entre los hombres de la guardia.

—¿Qué se os ofrece a estas horas? —preguntó Bartolomé.

—Fernando de Pedrosa le acusa de robo y de haber matado a uno de sus mejores perros —dijo el alguacil.

—¿Me molestáis a media noche por un perro muerto?

Fernando se adelantó un paso y, en tono desafiante, le dijo:

—Me habéis robado a una india. Esa ramera me hincó un cuchillo y huyó. Mis hombres le iban a dar caza justo cuando vos intervinisteis.

Bartolomé intentó aguantar la furia que le subía por el estómago y respiró hondo antes de hablar.

—Esa ramera, como vos decís, es la hija de Carib, uno de los caciques de la isla. Si la matáis o la dañáis, los taínos pueden levantarse contra nosotros. Además, una mujer no puede ser comida para vuestros perros; si os apuñaló, algo le habríais hecho.

El tal Fernando hizo amago de sacar la espada, pero el alguacil le detuvo.

—¿Entonces reconocéis el robo y la muerte del animal? —preguntó el alguacil a Bartolomé.

—Esto lo tiene que dirimir el juez. Perdonadme, pero es hora de dormir. Que el capitán Fernando de Pedrosa ponga una denuncia contra mí y aclaremos el asunto.

El alguacil se quedó pensativo. Cuando Don Fernando fue al fuerte, pensó que podía dirimir el litigio entre los dos hombres, pero si el sacerdote pedía que lo dirimieran los jueces, él no podía hacer nada más.

—Disculpad las molestias, padre —dijo el alguacil.

Fernando se puso rojo e increpó al hombre.

—¿Eso es todo lo que va a hacer?

El alguacil frunció el ceño y muy serio le dijo:

—Tendréis que presentar la queja ante el juez. Por hoy hemos terminado.

—Buenas noches —dijo Bartolomé cerrando la puerta.

Cuando se alejó de la entrada aún se oían los aspavientos de su enemigo. Fernando de Pedrosa le odiaba profundamente. Bartolomé había sido capellán de Pánfilo Narváez y a su servicio se habían conocido. Fernando de Pedrosa había sido uno de los capitanes más crueles en la famosa matanza de Caonao. Si Bartolomé cerraba los ojos todavía podía ver cómo el capitán cortaba las manos y las narices a decenas de indios, la mayor parte mujeres y ancianos, por el simple placer de hacerlo.

Bartolomé se acercó a la habitación junto al comedor y abrió la puerta. La joven descansaba plácidamente en la cama. Afortunadamente, no le habían despertado las voces. Su piel morena y su pelo negro resaltaban sobre las sábanas blancas. Se acercó hasta ella y, sin alzar la voz, hizo una breve oración.

—Dame fuerzas, Señor, y protégeme de todos mis angustiadores —dijo el sacerdote mientras cerraba la puerta. Después se dirigió a la biblioteca y se sentó junto al escritorio.

Intentó recordar el discurso del padre Montesinos. Aquella predicación que le había revuelto el alma y el estómago, muchos años antes. Él había dejado su Sevilla natal para hacerse rico, como la mayoría de sus compatriotas. Las Indias eran un sueño que desde niño había estado esperando cumplir. Aún recordaba la entrada de Cristóbal Colón en su ciudad. El color de los loros que había traído el almirante para la reina y la solemnidad del acto. Todos le habían acogido como a un héroe y él quería ser como el descubridor.

Bartolomé abrió su diario y comenzó a escribir sus pensamientos. A veces tenía miedo de releer las páginas. En ellas se narraba su llegada a Las Indias con la expedición de Ovando en 1502, junto a su padre y tío. En La Española había visto por primera vez a los habitantes de aquellas tierras. Parecían gentes sencillas, pero felices, no tenían ambiciones y despreciaban el oro, que para los españoles era tan importante. Los indios trabajaban hasta asegurarse el sustento del día y después se divertían o descansaban en unas mantas colgadas de los árboles. Sus mujeres andaban medio desnudas, pero no sentían vergüenza. Eran promiscuos, pero no parecían inmorales. Bartolomé sabía que aquella gente necesitaba el mensaje cristiano, pero ningún español, a excepción de algunos monjes dominicos, parecía muy interesado en evangelizarles.

El sol comenzó a entrar por la ventana y Bartolomé apagó la vela de un soplido. La noche había pasado velozmente. Observó cómo la luz comenzaba a despejar las tinieblas y tuvo el convencimiento de que lo haría. Tenía que prepararse bien, sabía que le esperaban tiempos difíciles, pero ¿acaso podía resistirse a la voluntad de Dios? ¿Cómo reaccionarían sus compatriotas? No quería quedarse solo, pero, sin duda, la única manera de ser feliz era cumpliendo con su destino. En esto pensaba mientras se levantaba de la silla y dejaba su pluma en el tintero.

3

MALDONADO

EL COMENDADOR TOMÓ LA DENUNCIA QUE acusaba al padre Bartolomé de Las Casas y la leyó con detenimiento. Ambos habían servido junto a Ovando en La Española, aunque no podían ser más antagónicos. Bartolomé era sevillano, de carácter alegre y bromista; él era serio y frío. Los dos habían conseguido una posición cómoda a pesar de su juventud, pero Bartolomé se había unido a la Iglesia. Uno al servicio del rey y otro al de Dios, pero su amistad se quebró a causa del enfrentamiento por un indio unos años antes. El padre Bartolomé había cambiado mucho, cuando llegaron a La Española era un joven ambicioso y arrogante, capaz de hacer cualquier cosa por una bolsa de oro, pero la predicación del padre Montesinos había tenido un influjo en el sacerdote difícil de explicar. Para Maldonado, los indígenas eran poco más que bestias, animales de carga o ratas. Dios les había dado aquellas tierras para que las aprovecharan, ya que aquellos indios eran holgazanes, promiscuos y cobardes.

Una mañana, Maldonado se cruzó con uno de esos malditos salvajes. Caminaba cargado y le dijo al indio que tomara parte de su carga y le acompañara a casa. El indio se negó; muchos eran tercos y orgullosos. Maldonado sacó su látigo y comenzó a golpearlo con todas sus fuerzas. El indígena se tiró al suelo y se hizo un gurruño para taparse la cara y el abdomen, pero los latigazos le abrían la carne del costado y la espalda. Llevaba Maldonado un rato fustigando al indio, cuando una multitud le rodeó. Muchos le animaban a que le golpeara hasta matarlo y algunos indígenas miraban con impotencia la suerte de su hermano. Maldonado, con una sonrisa en los labios, levantó de nuevo el látigo, pero notó cómo alguien le agarraba la muñeca con fuerza. Cuando se giró vio la cara ofuscada de Bartolomé. Los dos hombres forcejearon, pero Bartolomé le empujó al suelo y se quedó con su látigo.

—¡Maldito sádico! ¿Quieres probar tú mismo el látigo? —preguntó Bartolomé fustigando a su compatriota. Maldonado intentó apartarse, pero el látigo le golpeó en los brazos. Notó cómo el cuero le segaba la piel, Bartolomé siguió golpeándole, una y otra vez, hasta que dos alguaciles le detuvieron.

En el juicio atestiguó que únicamente estaba protegiendo a un hombre, que, aunque indígena, era como ellos. Nicolás de Ovando le absolvió y Maldonado se sintió humillado por partida doble. Bartolomé tomó al indio bajo su protección, le enseñó a leer, a vestir a la española y lo convirtió al catolicismo. Durante aquellos tres años había visto al amo y al siervo reírse en su cara, pero ahora era comendador y podía llenarles de grilletes; lo único que necesitaba era una excusa y ya la tenía. Bartolomé había cometido el mismo error: salvar a una sucia india y destruir la propiedad de un buen vecino de la isla, y tendría que pagar por ello.

4

CATALINA

Sancti Spíritus, Isla de Cuba, 11 de agosto de 1514

YOLOXOCHITL ABRIÓ LOS OJOS Y SINTIÓ miedo. No sabía dónde estaba ni qué hacía vestida con aquellas ropas blancas. Salió de la cama y se acercó al pequeño espejo que había sobre un baúl y lo tomó. Al posar el pie en el suelo, un fuerte latigazo de dolor subió por su pantorrilla hasta la cadera. Ya no se acordaba de su huida, de los perros y del hombre que la había salvado. Se tocó la pierna y, cojeando, regresó a la cama. El espejo reflejó su rostro moreno, de rasgos finos, labios rosados y ojos grandes de color marrón. Casi nunca observaba su cara, tan solo alguna vez, cuando se acicalaba en el río. Yoloxochitl maldijo su belleza. Desde que había dejado de ser niña, apenas un par de años antes, los hombres la perseguían como animales en celo, sobre todo los españoles, que nunca se saciaban de ver y manosear a las mujeres de la isla. El pelo largo y rizado le llegaba hasta los hombros. Se lo recogió con las manos y respiró hondo.

Una mujer entró en la habitación. Era española, de piel lechosa y ojos claros. Parecía un ama, pero la joven notó enseguida que estaba acostumbrada a servir.

—Muchacha, ya es hora de levantarse. Llevas casi un día en la cama —dijo la mujer.

Yoloxochitl entendía perfectamente español y lo hablaba, pero sabía que era mejor hacerse la despistada. Los españoles eran secos y arrogantes, parecían siempre enfadados y no podías fiarte de ellos.

—Ponte esta ropa —dijo la mujer.

Yoloxochitl negó con la cabeza, nunca había vestido como una española. Ella era hija de príncipes.

—El señor me ha pedido que te bañe y te vista. No quiero excusas, deberías estarle agradecida por salvarte la vida. Eso le puede acarrear muchos problemas —dijo la mujer enfadada.

La mujer destapó un gran barreño lleno de agua e introdujo a la india en él. Comenzó a bañarla vestida, Yoloxochitl intentó quitarse el camisón, pero la española se lo impidió.

—Desvergonzada, las mujeres cristianas se lavan con la ropa puesta —dijo la criada.

—Pero yo no soy cristiana ni española —dijo la joven frunciendo el ceño.

—Mientras estés en la casa del padre Bartolomé tendrás que hacer lo que se te diga. Mi señor ha arriesgado mucho por ti, lo menos que puedes hacer es comportarte como es debido —dijo la mujer.

—Yo no le pedí que me salvara. Es mejor morir a manos de una jauría de perros que seguir viviendo entre castellanos —dijo la joven.

La mujer sacó un cepillo y comenzó a pasarlo sobre el camisón. Yoloxochitl nunca había sentido el jabón sobre la piel, pero las púas del cepillo le arañaban y resoplaba como un cerdo antes de ser sacrificado.

Media hora más tarde, la joven estaba arreglada y lista para ver a Bartolomé. La criada la llevó hasta la biblioteca y la hizo entrar.

—Mi señor, aquí está la india. Esa bestia no se quería dejar lavar. No entiendo por qué se toma tantas molestias por ella.

—Catalina, debemos amar a los demás como a nosotros mismos. Eso nos enseñó nuestro Maestro —comentó Bartolomé con una sonrisa.

—Pero es una india. Esa gente no puede vivir con los cristianos.

—Nosotros somos los que hemos invadido sus tierras, robado su oro y destrozado su cultura. Al menos tratémosles como a personas. Hazla pasar —dijo Bartolomé. Sabía que era inútil convencer a su criada sobre la necesidad de respetar a los indios. Apenas podía convencer a un obispo, cómo iba a cambiar la mente de Catalina.

Yoloxochitl parecía una joya en bruto. Era una de las indias más guapas que Bartolomé había visto jamás. Sin duda, hubiera sido una princesa de las principales de la isla, de no haber llegado los españoles.

—Princesa, podéis tomar asiento . . . —dijo Bartolomé poniéndose en pie.

Al principio, Yoloxochitl, pensó que el sacerdote se estaba burlando de ella. Nadie trataba así a un indio. Los españoles ridiculizaban sus costumbres o simplemente las despreciaban.

—Siento que nos hayamos conocido en estas circunstancias. ¿Cómo está su pierna?

—Bien, es únicamente un mordisco —dijo la mujer.

—Su encomendero intentará que la metan en la cárcel y que la ejecuten. Nosotros la defenderemos, pero le debo pedir un favor.

Maldito castellano, pensó la mujer. Sabía que quería poseerla, como la mayoría de esos malolientes extranjeros.

—No os asustéis. Lo que quiero pediros es que os bauticéis y adoptéis un nombre cristiano. Si estáis bautizada será mucho más fácil que escapéis del castigo —dijo el sacerdote.

—Yo no soy cristiana —dijo la joven enfadada.

—Ya lo sé, pero el bautismo no os hará ningún mal —dijo Bartolomé.

—Me robará mi nombre, ¿os parece poco a vos?

—Siempre seréis Yoloxochitl para vuestro pueblo, pero en el mundo de los castellanos, sois poco más que un perro.

—No quiero ser cristiana, ya he visto las cosas que hacen los cristianos. Son peores que demonios —dijo la mujer.

—Los verdaderos cristianos no hacen esas cosas. Jesús nos enseñó que debíamos amar a nuestros enemigos . . .

—¿Amar a nuestros enemigos? Os aseguro que los castellanos no amáis ni a vuestras mujeres. He visto cómo mi comendero pegaba a su esposa por cosas nimias. Prefiero morir antes que convertirme —dijo la mujer.

Bartolomé se rascó la tonsura. La mujer era mucho más terca de lo que creía que fue posible. Tenía razones suficientes para sentirse así, pero, si no se bautizaba, tanto él como ella estarían metidos en un grave problema.

—Os dejo que lo penséis. Todavía tenemos unas horas. Lo único que os pido es que no juzguéis a Cristo por sus seguidores. Él amó al hombre sea cual sea su raza o posición. Él os amó antes de nacer y os ha puesto en mi camino con un propósito. No os cerréis a su voluntad —dijo Bartolomé sonriente.

La joven se quedó sorprendida. Nunca nadie le había hablado con palabras tan dulces de ese ídolo que los castellanos llevaban clavado en una cruz. Para ella no era más que otro fetiche, un talismán que usaban los invasores para protegerse, pero nunca había pensado en él como una persona.

—Ahora tengo que terminar la homilía del domingo. Os

aseguro que será un día largo y difícil, por eso debo prepararme bien —comentó Bartolomé.

Cuando la joven observó el rostro del sacerdote pudo ver el amor en sus ojos. Aquel hombre parecía distinto a los otros. Se puso en pie y salió al patio central de la casa. Allí le esperaba Catalina. Le colocó una mantilla en el pelo y le dijo:

—Vamos al mercado, será necesario que trabajes para ganarte el pan, el padre Bartolomé es demasiado bueno y la gente como tú se aprovecha de él.

Yoloxochitl no refunfuñó, aún seguía pensando en las palabras del sacerdote. Cuando salieron a la calle caminaron deprisa, con la mirada gacha. Había pocas mujeres en la ciudad y los hombres las miraban con descaro, algunos gritándoles palabras obscenas.

En cuanto salió de la casa, un indio llamado Tomás las siguió hasta la plaza donde se celebraba el mercado. Maldonado quería tener bien vigilada a la joven. Cuantas más pruebas reunieran contra Bartolomé, antes lo quitaría de en medio. Las mujeres no se percataron del indio que las perseguía, ocupadas por regatear los altísimos precios del mercado. Vivir en Las Indias era muy caro. Un sueño únicamente al alcance de unos pocos.

5

UNA CONSPIRACIÓN

Sancti Spiritus, Isla de Cuba, 12 de agosto de 1514

César Martín conocía a Bartolomé desde hacía años. Él se había convertido en el primer notario de las Antillas y Bartolomé en un encomendero próspero. Los dos habían soñado con regresar a su Sevilla natal, comprar un título nobiliario y pasar el resto de sus días en uno de los palacios de la ciudad, pero Bartolomé había cambiado. No sabía si se debía a su condición de sacerdote o sencillamente se había vuelto loco.

—Lo que me estás pidiendo es que venda todo lo que tienes y una renuncia a tus indios, tierras y minas —dijo el notario asombrado.

—Sí, César. No quiero mancharme más las manos con la sangre de esos indios.

—Pero, Bartolomé, la encomienda es legal. No estás haciendo nada malo —comentó el notario.

—Lo legal no es siempre moral. ¿Sabes cuántos indios han muerto desde que llegamos aquí? ¿Por qué tienen que trabajar para nosotros como esclavos? Son hombres libres como nosotros.

—Son los derechos de guerra, los vencidos se convierten en esclavos de los vencedores y pierden sus tierras —dijo el notario.

—Muchos de estos pueblos no se han resistido, nos recibieron como amigos y les tratamos como esclavos. Nosotros somos los invasores. No puedo aceptar la encomienda, amigo César.

El notario se echó para atrás y se apoyó en el respaldo de la silla.

—Tramas algo, ¿por qué tanta prisa por renunciar de la encomienda? Tu socio, Pedro de Rentería, está fuera, ¿no puedes esperar y charlar con él, antes de tomar la decisión?

—Cuando llegue Pedro será demasiado tarde, mis enemigos se lanzarán sobre mí. Lo que estoy dispuesto a hacer no dejará indiferente a nadie.

César le observó preocupado. Bartolomé podía ser muy testarudo cuando se le metía algo en la cabeza.

—No hagas que te devuelvan con grilletes a España, no serías el primero ni el último en visitar las cárceles de Triana. Estimado amigo, esto es una conquista, no es un día de refrigerio en el campo. Los reyes quieren su oro, los encomenderos también. Esos pobres diablos tienen suficiente con seguir vivos.

—Lo siento, César, pero no me puedo quedar con los brazos cruzados. Si es necesario, iré a España y hablaré con el rey.

—Estáis loco, Bartolomé —dijo César tomando la pluma—, decidme vuestras disposiciones.

Bartolomé redactó el escrito y después se fue caminando hasta casa. Hacía una noche perfecta, de esas que únicamente había en esa parte del mundo. Amaba tanto las Antillas que apenas se acordaba de Sevilla. Intentó imaginar cómo sería todo aquello antes de que llegaran. La tranquilidad y la paz de la bahía, los hombres regresando de la pesca a media mañana y las tardes de descanso junto al fuego. De la misma manera vivían los pescadores a las orillas del Guadalquivir y nadie los había obligado a trabajar hasta la extenuación por nada. Estos eran sus pensamientos mientras llegaba al umbral de su puerta. Observó su casa, le había costado casi doce años conseguir su posición actual, pero prefería perderlo todo a seguir derramando más sangre inocente.

A las nueve de la noche, Maldonado recibió a sus informadores. Uno de ellos había vigilado a la india y el otro se había dedicado a seguir a Bartolomé. Llevó a los indios a su biblioteca y se sentó en su silla de piel. Su secretario comenzó a tomar nota de la reunión.

—La india anda vestida de castellana. Muy peinada y arreglada, fue con una criada al mercado. Al parecer, habla perfectamente español y parece una hembra orgullosa y terca —dijo el informador.

—Que hable español nos perjudica, puede explicarse ante el juez y echar todo a perder —dijo Maldonado.

No era tan fácil acusar a Bartolomé de robo y destrucción de la posesión ajena. El amo de la joven no podía abusar de su protegida, al menos oficialmente. Tampoco podía matarla por desobedecer a ese tipo de órdenes. Él intentaría demostrar que la mujer había robado a su amo y que por eso había huido, pero, si sabía hablar español, podría defenderse.

—Al menos no es cristiana; eso complicaría aún más las cosas —dijo Maldonado.

Después de un corto silencio, el hombre pidió al otro confidente que le hablara sobre Bartolomé.

—El padre Bartolomé estuvo en casa del notario. Pasó allí buena parte de la tarde.

—¿Qué hizo? —preguntó Maldonado.

—No lo sé, pero mañana lograré hablar con el secretario del notario, para sacarle esa información —comentó uno de los sabuesos de Maldonado, llamado Juanillo.

—Bartolomé está tramando algo. Intentaré que el proceso se adelante unos días, de esa manera podemos desbaratar sus planes —dijo Maldonado.

Los procesos legales eran muy lentos, a veces se prolongaban durante semanas e incluso meses. Bartolomé podía burlar a la justicia con facilidad, a no ser que las acusaciones fueran muy graves y el juez embargara todos sus bienes para asegurarse el pago de los resarcimientos. Si demostraba que la india era su amante, podía conseguir muchas más cosas, pero eso sería más adelante.

Maldonado despidió a sus visitas y se dirigió hasta la segunda planta. Allí le esperaba su amante, Isabel, una hermosa y joven india con la que tenía dos hijos. La mayoría de los españoles vivían con sus amantes indígenas, aunque estuvieran casados en España. Maldonado no estaba comprometido, pero había reconocido a los dos hijos de Isabel. En unos años, una raza mestiza gobernaría la isla. Era la única manera de exterminar a esos salvajes, pensó Maldonado. Sabía que, en cincuenta años más, sus bárbaras costumbres serían extirpadas de la faz de la tierra.

6

EL CACIQUE

✠

Isla de Cuba, 13 de agosto de 1514

EL CONSEJO ESTABA REUNIDO. LOS ESPAÑOLES habían prohibido su existencia y habían disuelto la forma de gobierno de los indios, pero ellos seguían practicando sus costumbres y su religión. Carib se puso en pie e hizo una reverencia a los ancianos, después comenzó a hablar:

—Esos castellanos han llegado demasiado lejos. Primero nos hicieron la guerra, robaron nuestras tierras y nos obligaron a trabajar para ellos. Después nos quitaron a nuestros dioses y nuestras costumbres; ahora nos matan y violan a nuestras mujeres. ¿Quién nos protegerá de ellos? El rey de España está muy lejos y nosotros no podemos defendernos ante él. Pido al consejo que declare la guerra y matemos a esos malditos extranjeros.

Un murmullo se extendió por toda la choza. Los pueblos que se habían levantado contra los españoles habían sido masacrados. Los indios pensaban que su dios les protegía y eran invencibles.

—Carib, entendemos el dolor por tu hija, pero no podemos enfrentarnos a los españoles. Les superamos en número, es cierto,

22

más sus armas son poderosas y vendrán más del otro lado del mar para ayudarles. Tenemos acuerdos con ellos, les pediremos que los respeten —dijo Manati, uno de los ancianos más viejos.

—Yo entiendo vuestro temor, pero ¿merece la pena vivir bajo la tiranía de los españoles? Prefiero ver a nuestro pueblo masacrado, que esclavizado y violado —dijo Carib.

—Haremos una petición ante el gobernador por tu hija. No se atreverán a hacerle nada, temen una revuelta tanto como nosotros —dijo Manati.

Tras la disolución del consejo, Carib salió de la choza enfadado. Si ellos no hacían nada, se tomaría la justicia por su mano. Convocó una reunión con los guerreros jóvenes. Acudieron más de cincuenta. Buscaron sus armas, abandonadas hacía años, y se prepararon para asaltar la villa de los castellanos, a la orden de Carib.

Un día más tarde, Carib recibió noticias de su hija. Al parecer un sacerdote español llamado Bartolomé de las Casas la había acogido en su casa y cuidaba de ella. Aquello no tranquilizó en exceso al cacique. Muchos de los sacerdotes eran tan ambiciosos y perversos como sus compatriotas.

Reunió a sus jefes y les explicó su plan:

—El domingo ellos realizan sus rituales, podemos atacarles a la salida de la iglesia. La mayoría estarán desarmados, ya que es su día de descanso.

El resto de jefes asintió con la cabeza.

—Nuestro principal objetivo son los soldados, sobre todo sus jefes, después liberaremos a los esclavos y arrasaremos la ciudad. Al menos, conseguiremos que se lo piensen antes de maltratar a uno de los nuestros —dijo Carib.

—Apoyaremos el ataque, pero al menos tendremos una semana más para organizarlo. No quiero que nada salga mal —comentó uno de los jefes.

El cacique regresó nervioso a su choza. En unos días, los españoles sabrían quiénes eran los taínos. Se arrimó a su esposa y en unos minutos se quedó profundamente dormido.

7

UNA NUEVA HIJA

ERA DE NOCHE CUANDO LA JOVEN fue llevada hasta la iglesia. Yoloxochitl se había negado a recibir el bautismo, pero las amables palabras del padre Las Casas la habían convencido. El sacerdote le habló de un hombre dios llamado Cristo. Ese hombre era bueno, nacido de una virgen y llevado a la muerte por hombres perversos. El hombre dios había muerto por todos los hombres y mujeres, también por los taínos. Ese hombre dios amaba a la gente y quería que la gente se amara. Si se bautizaba aceptaría lo que el hombre dios había hecho y sería su hija, también sería hija de la Iglesia y nadie podría hacerle daño.

La capilla estaba en semioscuridad. Caminaron los tres hasta el altar mayor. Bartolomé preparó los olios sagrados, se vistió para la ceremonia y tomó el agua bautismal.

Yoloxochitl le miraba con una mezcla de temor y fascinación. Pensó en su padre, temía que no le agradara lo que estaba haciendo, pero estaba decidida. ¿Qué mal podía hacerle aceptar a un hombre dios tan bueno?

—Yoloxochitl, hija de Carib, ¿aceptas a Jesucristo como salvador y prometes obedecer sus mandamientos?

—Sí —dijo la joven.

—¿Aceptas obedecer los mandatos de la Santa Madre Iglesia y conducirte como cristiana?

—Sí —dijo la joven.

—Yo te bautizo en el nombre del Padre, del Hijo y del Espíritu Santo. Desde ahora serás llamada María, como la madre de Jesús —dijo Bartolomé sonriente.

Yoloxochitl no pudo evitar que una lágrima recorriera por sus mejillas morenas. Sentía una paz inexplicable, como si aquella poca agua la hubiera lavado por completo.

—Hermana —dijo Bartolomé abrazándola.

Catalina se acercó a ella y también la abrazó, después le entregó una pequeña cruz de madera, atada a un cordón.

Los tres se quedaron unos minutos en silencio, frente al altar, mudos por la emoción e inmersos en sus pensamientos. Después, Bartolomé volvió a poner todo en su sitio. En unas horas tendría que regresar a ese mismo lugar, para hablar a sus compatriotas. Murmuró una oración y pidió a Dios que le asistiera en ese duro trance.

8

CAMINO DE LA CRUZ

✠

Sancti Spiritus, Isla de Cuba, 15 de agosto de 1514

APENAS HABÍA DORMIDO EN TODA LA noche. Daba vueltas en su lecho, inquieto y angustiado por las pesadillas, que se habían hecho recurrentes en la última semana. En medio de sus ensueños veía a un grupo de españoles atacando una aldea. Los indios se resistían al principio, pero después tiraban sus armas atemorizados. Los españoles les reunían en el centro de la aldea, quemaban sus chozas y comenzaban a matar a ancianos y niños; muchos hombres eran mutilados, cortándoseles las manos y las orejas. Las mujeres, tras ser violadas, sufrían la misma suerte.

Bartolomé se despertó sobresaltado. Estaba envuelto en sudor y temblaba. Necesitó unos instantes para recordar dónde se encontraba y qué día era. Después se puso de rodillas y comenzó a orar. El frío suelo de losetas de barro le devolvió la sensación de estar vivo, pero también le recordó que aquella mañana en la iglesia iba a predicar y que tenía que dar un último repaso a sus notas.

Se puso en pie, se vistió y, tras tomar un poco de leche y pan, se introdujo en la biblioteca. Tomó las notas del escritorio y comenzó a andar de un sitio a otro leyendo en voz alta. Su voz era suave, sus gestos delicados, pero seguros. No parecía atemorizar a nadie con sus predicaciones. La mayoría de las veces, la gente le felicitaba tras la misa. A sus casi treinta años de edad, había llegado a una seguridad económica y a un prestigio social envidiables. No podía tirar todo eso por la borda, pensó mientras se sentaba en la silla.

Recordó las necesidades de su familia en Sevilla, los continuos viajes de su padre, la soledad y pobreza de su madre. Habían vivido rodeados de estrecheces, intentando disimular su necesidad, como era costumbre en España. Ahora, todos los meses sus padres recibían una pensión de su parte y él mismo se había asegurado una vejez tranquila. ¿Qué sucedería si daba ese paso? ¿Cómo reaccionarían sus compatriotas?

Las palabras del hermano Montesinos volvieron a clavarse en su conciencia como estacas ardientes. No podía dejar de hacer el bien, aunque eso supusiera perderlo todo. Recordó las palabras de Cristo, los que querían seguirle debían renunciar a todo, incluso a su propia vida, para poder ir en pos de él.

Comenzó a escuchar ruido en la casa, los criados realizaban sus tareas antes de ir a misa. Se puso una capa ligera, a esas horas todavía el sol no había calentado el ambiente, y se dirigió a la salida. Catalina y María estaban en la puerta esperándole.

—Padre, ¿nos vamos ya para la iglesia? —preguntó Catalina.

Bartolomé las miró serio, intentando disimular su angustia e hizo un gesto afirmativo. Salieron hacia la iglesia con paso lento, decenas de feligreses caminaban en silencio en la misma dirección. Aquel domingo iba a suceder algo que la mayoría de ellos no esperaban.

9

DOMINGO

✠

Sancti Spiritus. Isla de Cuba, 15 de agosto de 1514

CUANDO MALDONADO VIO A BARTOLOMÉ AL fondo de la plaza, junto a dos mujeres, sintió cómo su rabia crecía en el interior. No había logrado que el juicio se celebrara antes del domingo, aún tendría que esperar un par de días más para sentar al maldito sacerdote en el banquillo. Junto a él caminaban dos de sus hombres, iban armados. Eran los únicos que tenían ese privilegio dentro de la ciudad. Aunque algunos caballeros podían llevar espada, los domingos nadie entraba armado a la iglesia.

Maldonado llegó a la altura de la puerta. Bartolomé le miró muy serio y le saludó con una leve inclinación de cabeza. Él le respondió cortés, pero enseguida volvió a ponerse rígido, como si esperara una palabra del sacerdote para lanzarse sobre él y detenerle.

La iglesia estaba llena. Todos los bancos estaban repletos, excepto los reservados a las autoridades. Maldonado recorrió el pasillo y se sentó en la primera fila. Aún tardó un rato en comenzar la misa. Las velas estaban encendidas y la gente se agolpaba en los pasillos y al fondo. Todos querían ver y ser vistos por los demás, por eso era tan importante acudir al templo el domingo.

Bartolomé apareció por uno de los laterales de la nave. Estaba vestido con una casulla roja. Aquel era un mal signo, era la que solía utilizarse para Semana Santa, recordando la expiación de Cristo. Lo normal era que sus ropas estuvieran en consonancia con la época del año. El sacerdote se puso en mitad del altar, les dio la espalda y todos se pusieron en pie. Tras una breve oración, comenzó la misa.

Las rutinarias letanías no parecían indicar nada nuevo, pero Maldonado notaba la presión con la que oficiaba su enemigo, como si llevara sobre él todo el peso del mundo. Cuando llegó el principio de la homilía todos se sentaron y el sacerdote subió al púlpito.

Normalmente, los párrocos se limitaban a hablar sobre el tema que les proponía el misal, pero Bartolomé solía improvisar sus predicaciones, lo que le había hecho muy popular entre el pueblo. Maldonado miró a su derecha y vio a Diego Velázquez de Cuéllar, gobernador de la isla; Velázquez le saludó con un gesto y él respondió al saludo.

Bartolomé puso las manos sobre el púlpito e hizo una pausa, que se hizo interminable para la congregación, después comenzó a hablar.

10

EL SERMÓN

✠

Sancti Spiritus, Isla de Cuba, 15 de agosto de 1514

BARTOLOMÉ SUBIÓ TEMBLOROSO AL PÚLPITO. TENÍA mucho respeto a la predicación, pero aquella mañana estaba especialmente nervioso. Miró a la iglesia, estaba a medio terminar, la ciudad se había construido hacía tan poco que apenas unas pocas viviendas estaban acabadas y muchos vivían aún en casas de madera. Observó a la congregación. Enfrente estaban las autoridades, después los gentiles hombres, los comerciantes y las mujeres, al fondo los marineros y campesinos y de pie los indígenas.

Abrió con torpeza sus notas y las colocó sobre el atril de madera. Levantó la voz y leyó:

—Libro de Eclesiástico, capítulo 34, versos 21 y 22: «Un mendrugo de pan es la vida de los indigentes: el que los priva de él es un sanguinario. Mata a su prójimo el que lo priva del sustento, derrama sangre el que retiene el salario del jornalero».

Un silencio pesado se extendió por toda la iglesia. Bartolomé alzó la vista y notó los cientos de miradas que se clavaban en la suya.

—Somos el pueblo de Dios, hemos venido esta mañana aquí para reconocer el sacrificio de Cristo en la cruz del Calvario. Ese sacrificio vicario nos ha librado a todos de una condena mayor. Como pueblo de Dios, tenemos un deber hacia nuestro prójimo, que aquellos que no son cristianos no tienen. Nuestra fe es mucho más que palabras, mucho más que ritos y ceremonias, mucho más que doctrinas y enseñanzas, nuestra fe es una vida de práctica y devoción. De qué nos sirve el bautismo, para qué confesarnos y recibir la sagrada comunión, los ayunos y vigilias son onerosas si no les sigue el amor al prójimo. Pero ¿quién es nuestro prójimo? —preguntó Bartolomé.

La cara de algunos de los feligreses comenzó a transformarse, aquello se alejaba mucho de las pláticas habituales y muchos querían saber a dónde intentaba llegar el sacerdote con aquellas palabras.

—Nuestro prójimo no es aquel que está sentado a nuestro lado. Nuestro prójimo es el que está al fondo, de pie, soportando el yugo que hemos puesto sobre sus hombros. Los indios no pueden ser nuestros hermanos dentro de este templo y nuestros esclavos fuera. Dios no admite que se esclavice a ninguno de sus hijos.

Un murmullo recorrió toda la sala. Algunos hicieron amago de ponerse en pie, pero las palabras de Bartolomé sacudieron el alboroto. El sacerdote levantó la voz y todos callaron.

—Vivimos en pecado mortal cuando robamos el jornal del pobre, cuando le quitamos el sustento y después nos dirigimos a Dios para que nos bendiga. Somos ladrones y homicidas, vivimos en pecado y destruimos la obra de Dios. ¿Pensáis que nos libraremos de su condena por algunas limosnas y confesiones? No os equivoquéis, si practicáis el pecado no heredareis el Reino de Dios.

La multitud comenzó a moverse inquieta en sus asientos. Las palabras del sacerdote les ponían en evidencia.

—La encomienda es un abuso para los indios, los españoles hemos venido aquí con el único fin de llevarnos su oro y vivir bien en nuestras ciudades de origen. Regresar con la bolsa llena para comprar tierras o títulos y olvidarnos de los crímenes que hemos cometido aquí. Creemos que podemos comprar a Dios con nuestras ofrendas y diezmos, pagando a la Iglesia para que acorte nuestro tiempo en el purgatorio, pero no es cierto. No hay perdón para el que oprime al pobre, para el que viola o mata un niño. Dios es todo misericordia, pero también es todo justicia. Si no renunciáis a esos abusos, os convertís en verdugos de vuestros hermanos los indios. Yo ya he renunciado a mis encomiendas, ganadas en batallas de sangre y por las que muchos hombres tenían que trabajar hasta la extenuación. El indio es mi hermano y, como dice la Palabra de Dios: Amaré al Señor mi Dios con todo mi corazón, con toda mi mente y con todas mis fuerzas, este primer mandamiento en el segundo se completa, amaré al prójimo como a mí mismo. ¿Qué significa eso? No haré nada a mi prójimo que no me gustaría que me hicieran a mí. ¿Os gustaría ser esclavos? ¿Os gustaría que violaran a vuestra hija? ¿Sería justo que os hicieran trabajar sin salario ni comida hasta la extenuación?

Cuando Bartolomé bajó del púlpito miró hacia el fondo de la sala, María le observó con sus ojos grandes y marrones. Tenía su melena cubierta por un velo ligero y sonreía. Era la primera vez que la había visto feliz desde que la salvara de la jauría de perros. Los españoles, en cambio, no dejaban de hablar entre ellos alterados y nerviosos. El sacerdote dio por concluida la misa y salió por uno de los laterales. *La mecha está encendida*, pensó Bartolomé mientras se desvestía en la sacristía. Ahora únicamente Dios podía favorecer su causa.

11

DIEGO VÁZQUEZ DE CUÉLLAR

✠

Sancti Spiritus, Isla de Cuba, 15 de agosto de 1514

NADIE SE ACERCÓ A ÉL DESPUÉS de la misa. Parecía un apestado con el que el simple contacto supusiera la muerte. Bartolomé caminó entre la multitud agolpada en la plaza, junto a Catalina y María. Escuchó cómo algunos decían: «Ahí va con su amante india». «Si los quiere tanto, que se marche a vivir con esos salvajes». El sacerdote no respondió a las provocaciones, regresó a casa y dedicó el mediodía a ayunar y orar. Por la tarde recibió un mensaje del gobernador, para que le visitara al caer el sol. El sacerdote pensó que esa era la mejor oportunidad para poder explicarse y llevar a su causa a Diego Vázquez de Cuéllar. El gobernador parecía un buen hombre, servicial y justo.

Al caer la noche, se envolvió en una capa ligera y se dirigió a la salida. María le miró inquieta y le sujetó con la mano.

—No salga, mi señor —dijo preocupada.

—No temas.

—Sus enemigos le estarán esperando, si muere en alguna esquina, que será de nosotros —dijo la joven.

—Dios me guardará —contestó Bartolomé. No temía la muerte, sabía que hasta que su causa no fuera oída ante los reyes no moriría.

María se tapó los hombros con un chal y le siguió de cerca. Llevaba un puñal dentro de su traje y el odio y la rabia suficientes para matar a cualquiera que se acercara a su nuevo amo.

Cuando Bartolomé llegó a la casa del gobernador observó la fachada a medio levantar y pensó que todavía estaban a tiempo de construir en el Nuevo Mundo algo bello, que fuera ejemplo y estímulo a todo el orbe. Lo único que tenían que hacer era actuar rectamente.

Bartolomé se dirigió a la sala de audiencias y en mitad de la oscuridad distinguió la figura del gobernador.

Diego Vázquez de Cuéllar era un hidalgo segoviano, recto y honrado, pero ambicioso. Era conocido por su ecuanimidad, pero también por su orgullo.

—Padre Bartolomé, gracias por venir con tanta presteza —dijo el gobernador.

—Soy vuestro humilde siervo —contestó el sacerdote.

—No me andaré con rodeos. Sus palabras hoy en la iglesia han sido duras, incluso me atrevería a afirmar que incendiarias.

—La verdad siempre es incendiaria, excelencia.

El gobernador esbozó una sonrisa, aquel sacerdote podía ser muy incisivo si se lo proponía.

—Es cierto que muchos indios sufren la violencia de sus encomenderos, algunos están mal alimentados y otros son castigados injustamente. Os prometo que ordenaré mejorar la condición de los indios.

—Gracias excelencia, sus palabras son muy justas y sabias,

pero los indios no tienen por qué estar sometidos a nosotros. Son hombres libres y como tales tienen que vivir —dijo el sacerdote.

Diego Vázquez de Cuéllar se puso en pie y se aproximó a Bartolomé.

—Esos indios son unos salvajes paganos, crueles y peligrosos. ¿Acaso habéis olvidado cómo nos resistieron en La Española? Aquí mismo acabamos de aposentarnos y no pocos de los nuestros han pagado con su vida. La ley nos ampara, y el derecho de conquista. Dios nos ha permito venir aquí para cristianizar a estos salvajes —dijo el gobernador.

—Es cierto que nos recibieron con flechas y lanzas, pero ¿cómo actuaríais vos si alguien viniera a quitaros la hacienda, la vida y la honra? Creo que de la misma manera —dijo Bartolomé.

—Sin duda, pero ellos harían lo mismo que nosotros si estuvieran en nuestro lugar.

—No sé qué harían si estuvieran en nuestro lugar, excelencia. Imagino que lo mismo que nosotros, pero eso no nos da más derecho ni hace más justa nuestra causa.

—¿Qué proponéis, pues? ¿Queréis que dejemos todo y regresemos a España? Si nos vamos vendrá el francés, el portugués o el inglés y actuarán aún peor que nosotros —dijo el gobernador.

—No pido un imposible, excelencia. Lo único que deseo es que se haga justicia, que no se trate a los indios como esclavos, que se pague su trabajo, y evangelizarlos de verdad.

El gobernador se mesó la barba. Las palabras del sacerdote eran persuasivas y peligrosas. Si sus ideas se extendían, los problemas se multiplicarían en la isla. *Tengo que ganar tiempo*, pensó mientras miraba a los ojos al sacerdote.

—Escribiré a su majestad pidiéndole consejo. Él dictará qué hacer —dijo el gobernador.

—Me parece justo. Estoy convencido de que el rey Fernando

no quiere ver a sus súbditos esclavizados y sometidos —dijo Bartolomé.

—Buenas noches padre, ha sido un día muy largo. Espero que mañana veamos todas las cosas con más claridad.

Bartolomé se despidió del gobernador y salió a la calle. No se veía a nadie a aquellas horas. Caminó con paso rápido hacia su casa, pero escuchó unas pisadas a su espalda y se giró. No se veía a nadie. Después de recorrer toda la plaza y antes de entrar en su calle, un hombre embozado salió a su encuentro. El sacerdote no iba armado. Desde que había tomado las órdenes prefería ir desarmado, a no ser que fuera a cazar.

—Maldito demonio —dijo el embozado y sacó una espada.

El sacerdote se lió la capa en el brazo e intentó resistir al asaltante con la esperanza de que alguien los oyera y corriera en su auxilio.

—Vas a morir, encomiéndate a todos los santos —dijo el embozado.

—Yo estoy en paz con Dios —dijo Bartolomé desafiante.

El asaltante lanzó una estocada que rasgó el hábito del sacerdote, después intentó atravesarle, pero Bartolomé logró esquivar a la muerte. Tras unos segundos de lucha, el sacerdote tropezó y cayó en el suelo. Justo en el momento en que el embozado iba a darle muerte, sintió un pinchazo en la espalda. Se giró y vio los ojos de María, se imaginó que era el espíritu de alguna de las indias que había violado, que regresaba para vengarse, pero, antes de que pudiera reaccionar, la joven le volvió a clavar el puñal. Cuando la sangre comenzó a manar de sus heridas, notó las piernas flojear y se derrumbó.

—¿Estáis bien, mi señor? —dijo la joven.

Bartolomé se levantó del suelo y, acercándose al cuerpo de su enemigo, le absolvió de todos sus pecados, segundos antes de que expirara. María le miró sorprendida. Aquel hombre era capaz de salvar a su propio asesino. *Sin duda, el espíritu de algún antepasado poderoso está en él*, pensó mientras limpiaba el cuchillo en la ropa del muerto.

12

EL JUICIO

✠

Isla de Cuba, 16 de agosto de 1514

M<small>ALDONADO SE ENTERÓ DE LA MUERTE</small> de un soldado aquella madrugada. No era extraño que algún marinero borracho se peleara con otro, pero las muertes solían ser muy raras. Tuvo que acudir con el notario para examinar el cuerpo. El individuo había sido apuñalado por la espalda, lo que descartaba un duelo o una pelea. Sin duda, era un asesinato.

—Maldita sea, dentro de unas horas tengo un juicio y tengo que estar aquí haciendo un escrito sobre este maldito borracho —se quejó Maldonado.

César Martín, el notario, escribió las diligencias y después miró indiferente al comendador. Sabía que el juicio del que hablaba era el de Bartolomé de las Casas y la liberación de una india. César era amigo de Bartolomé y le había advertido sobre los peligros de ponerse en contra a todos los españoles de la villa, pero su amigo era muy testarudo y no iba a echarse atrás por miedo a nada.

Los dos hombres dejaron el cuerpo a los soldados y se dirigieron a la casa de audiencias, un edificio nuevo, sin apenas muebles.

En la sala ya estaban Fernando de Pedrosa, el demandante; Yoloxochitl, la india que ahora tenía el sobrenombre de María, según partida bautismal facilitada por Bartolomé de las Casas; y el propio sacerdote como demandado. El juez era el propio gobernador, que hacía funciones judiciales hasta que el rey enviara un juez a la isla. Apenas había público, cosa que extrañó a Maldonado, que pensaba que, tras el sermón del domingo, todos querrían bajo rejas al cura.

—Caballeros, vamos a dar comienzo al juicio. La acusación imputa al vecino y párroco de Sancti Spiritus, Don Bartolomé de las Casas, de destrucción de la propiedad de Fernando de Pedrosa, al que mató un perro alano, y del secuestro de una de las jóvenes que él protege, Yoloxochitl, hija de Carib, ahora convertida y bautizada bajo el nombre de María.

—Sí, señoría —dijo Maldonado

—Que la acusación exprese los hechos —dijo el gobernador.

—El vecino Fernando de Pedrosa buscaba a Yoloxochitl con preocupación la mañana del 9 de agosto, cuando el padre Bartolomé de las Casas, sin aviso previo, disparó contra uno de los perros de don Fernando, causándole la muerte. Tras amenazarles, se llevó a la joven, no sabemos con qué intenciones, a la que tiene retenida desde entonces. Pedimos una multa para don Bartolomé, para que el afectado pueda comprar otro perro, otra por el secuestro de la joven, y la cárcel por un año y un día, dadas la gravedad de los hechos y la amenaza de muerte hacia la víctima, don Fernando de Pedrosa —dijo Maldonado.

El gobernador miró al cura y le preguntó extrañado:

—¿Quién os representa a vos, padre Bartolomé?

—Mi abogado está en los cielos, pero en la tierra me represento a mí mismo.

—Eso es irregular —dijo el gobernador.

—Deje que le represente yo, que conozco perfectamente el caso —comentó César Martín.

—Por sus estudios es más que un abogado. Autorizo la defensa por medio del notario César Martín, vecino de Sancti Spiritus.

—Con la venia, mi defendido, el padre Bartolomé de las Casas, es conocido vecino de este municipio, hijo de cristianos viejos y hombre de armas. En sus valientes hazañas ha servido a vuesa excelencia, también a la corona y al Reino de Castilla. Los cargos de los que se le acusa son vacíos y huecos, como la acusación del señor comendador. Bartolomé de las Casas acudió a la defensa de nuestra hermana María al verla en peligro de muerte, a punto de ser devorada por una jauría de perros rabiosos, azuzados por el tal Fernando de Pedrosa. El tal Fernando de Pedrosa intentó abusar de mi defendida, a lo que ella respondió con violencia y, por miedo a las consecuencias, escapó de la casa. Fernando de Pedrosa es culpable de agredir a una cristiana, de intento de homicidio y de difamar a mi defendido. Pido para mis defendidos la absolución y para Fernando de Pedrosa la condena por los cargos antes mencionados —dijo César Martín.

Parte de los asistentes abuchearon al notario y el gobernador pidió silencio.

—El caso está claro. El padre Bartolomé se excedió al defender una propiedad que no es suya, amenazar a vecinos de esta villa y dañar sus bienes, pero Fernando de Pedrosa es culpable de no mantener a sus indios bien controlados. Dado que ahora la india es cristiana, será tratada como tal, pasará a la custodia del padre Bartolomé, que le buscará un marido o la dedicará a la vida religiosa. Por su parte, el padre Bartolomé indemnizará el coste del animal y las costas de este juicio. No podemos actuar de nuestra cuenta, ya que el padre debía haber informado a las autoridades . . .

—Y dejar mientras que la despedazaran los perros —se quejó Bartolomé.

41

—Silencio, ya he dictaminado la sentencia y así se cumplirá por orden del rey.

El juicio se suspendió y María se acercó al padre Bartolomé exultante de alegría. César Martín también parecía satisfecho.

—La joven podrá vivir en paz —dijo el notario.

—Para esta audiencia es más importante un perro que un indio —se quejó Bartolomé.

—No importa, ¿sabéis lo que habéis conseguido?

—Salvar a María, gracias a que ahora es cristiana, y pagar un perro nuevo a ese bastardo —contestó Bartolomé.

—No, es la primera vez que un indio es considerado cristiano y vecino de esta villa, los encomenderos se lo pensarán otra vez antes de maltratar a uno de los indios —dijo César.

—Me temo que vos sois más ingenuo que yo. Mientras exista la encomienda, existirá la injusticia. Desde hoy prometo dedicar todos los años que me queden, mis bienes y salud a abolir esa aberración —dijo Bartolomé de las Casas.

Todos le miraron sorprendidos. El sacerdote no era un hombre que prometiese en vano. Lo que no sabían era qué podía hacer un pobre cura contra las leyes que otros imponían a miles de leguas.

13

EL ATAQUE

✠

Sancti Spiritus, Isla de Cuba, 22 de agosto de 1514

BARTOLOMÉ ERA CONSCIENTE DE QUE EN unas horas tendría que
subir al púlpito de nuevo. Temía que nadie acudiera a misa aquella
mañana, después del sermón del domingo anterior. Abrió la ventana de su pequeña biblioteca y dejó que el aire fresco de la mañana
inundara la estancia. Aún estaba oscuro, pero era el momento en
el que él se concentraba más, aprovechando el silencio que reinaba
en la ciudad.

—Dios mío —dijo mientras se arrodillaba sobre el suelo de
barro. Inclinó la cabeza y meditó durante una hora. Después repasó
el sermón hasta que su casa comenzó a llenarse de vida.

Bartolomé escuchó las voces de Catalina y María. Le extra-
ñaba que la india no se hubiera marchado todavía, era libre y podía
regresar con los suyos. Tal vez temiese las represalias de su antiguo
amo.

Catalina entró en la biblioteca con una bandeja. Llevaba leche,
pan y algunas viandas para que su señor desayunase. Bartolomé
tomó la leche y un pequeño pedazo de pan. No le gustaba comer

antes de una misa. Después se dirigió hasta su habitación y se aseó un poco.

Una hora más tarde, todos se dirigían hacia la iglesia. Bartolomé había procurado ir más pronto, para evitar a la gente. No era fácil subir a un púlpito ante la mirada de desprecio de los feligreses a quienes debías alimentar espiritualmente.

Cuando llegaron, la iglesia estaba vacía, únicamente un par de mujeres rezaban cerca del altar mayor. Bartolomé se dirigió a la sacristía y se puso la ropa ceremonial. Optó de nuevo por la casulla roja. Volvió a rezar unos minutos hasta que sus ayudantes entraron en el cuarto.

—Padre, es la hora —dijo el monaguillo.

Bartolomé salió por uno de los laterales de la iglesia, dio la espalda a los feligreses y comenzó la misa. Aquella parte de la ceremonia era la más cómoda, ya que apenas tenía que mirar hacia los oficiantes. Cuando terminó los rezos y se giró, se sorprendió al ver la capilla repleta de gente. Calculaba que había más feligreses que el domingo anterior. Algunos habían venido de lejos para escucharlo.

—Hermanos —dijo Bartolomé con los brazos extendidos—. Dios nos ha congregado esta mañana de resurrección para que celebremos juntos la vida que levantó a Cristo Jesús de los muertos. Hoy es un día de alegría y fiesta.

Mientras Bartolomé comenzaba su predicación, a las afueras de la ciudad un centenar de indios taínos, armados y pintados para la guerra, se dirigían a la ciudad. Los encabezaba el cacique Carib, el padre de María.

Los guardas de la empalizada parecían somnolientos. Acababan de sustituir a sus compañeros, pero el domingo era el peor día para hacer guardia. Apenas había actividad en la ciudad, ya que todo el mundo estaba en misa.

Uno de los centinelas bostezó, pero, antes de que pudiera cerrar la boca, un cuchillo le cercenó el cuello. Los otros cuatro guardias fueron eliminados sin oponer resistencia.

—¿Qué hacemos ahora? —preguntó uno de sus hombres al cacique.

—Hay que bloquear la puerta de la iglesia y prenderles fuego. Serán una hermosa ofrenda para nuestros dioses —dijo Carib.

Reunieron leña, cubrieron la puerta, pero cuando estaban a punto de bloquearla, un soldado salía de misa.

—¡Pardiez! ¡Malditos monos! ¿Qué hacéis aquí?

Los indios no estaban autorizados a entrar en la ciudad los domingos a no ser que fueran criados de los españoles o estuvieran convertidos.

Uno de los indios se lanzó sobre el soldado, pero le dio tiempo a lanzar un grito de alarma.

Bartolomé vio algo raro en la puerta del fondo y después escuchó el grito de auxilio. La congregación se volvió de inmediato. Los hombres se dirigieron a la puerta, pero desde fuera alguien la estaba intentando bloquear. Empujaron con todas sus fuerzas, pero era imposible abrir el portalón.

—Necesitamos más hombres —dijo Diego Velázquez de Cuéllar.

Una veintena de españoles comenzó a empujar con todas sus fuerzas. Entonces el humo comenzó a entrar por debajo de la puerta y a invadirlo todo.

Las mujeres corrieron hasta el altar, donde Bartolomé todavía estaba paralizado por la sorpresa. Pensó en rezar, pero en el último momento se le ocurrió un plan.

—Don Diego, envíe diez hombres para aquí —dijo Bartolomé.

Cuando los hombres llegaron hasta él, les indicó el camino de salida. Había una pequeña puerta de acceso en la sacristía. Por allí podrían escapar, tomar las armas y liberar la puerta, antes de que el fuego les matase a todos.

A la salida les esperaban media docena de indios con sus lanzas preparadas. Una de ellas pasó rozando a Bartolomé, pero terminó clavándose en uno de los soldados que corría a su lado. Los indígenas se lanzaron sobre ellos con cuchillos, pero los españoles les vencieron con facilidad, haciéndose con sus armas.

—Hay que ir al fuerte —dijo uno de los soldados.

—Antes liberemos la puerta —dijo Bartolomé.

—Sin armas no resistiremos ni cinco minutos.

Corrieron hasta el fuerte. Tomaron varios arcabuces, espadas y lanzas. Después se dirigieron directamente hacia la puerta principal. Unos ochenta indios guardaban la entrada.

—No podemos atacar de frente —dijo Bartolomé.

—Hay una forma —comentó uno de los soldados. Corrieron hacia uno de los laterales y colocaron los arcabuces. Cuando los indios les vieron, una veintena se dirigió hacia ellos. Si no lograban abrir las puertas, en unos minutos todos morirían asfixiados dentro.

El cacique Carib ordenó a sus hombres atacar y los españoles recibieron una nube de lanzas y flechas. El cacique sabía que, si resistía unos minutos, su misión estaría cumplida.

14

UNA IGLESIA EN LLAMAS

Sancti Spiritus, Isla de Cuba, 22 de agosto de 1514

BARTOLOMÉ SE ACERCÓ A LOS INDIOS taínos todo lo que pudo. Varias flechas le pasaron rozando, pero se puso en pie de repente y comenzó a gritar el nombre del cacique.

—¡Carib, Carib, Carib!

Los indios dejaron de lanzar sus flechas y le miraron sorprendido. Bartolomé levantó las manos y salió de su escondite. Carib se puso en pie y se acercó hasta el sacerdote.

—Tu hija está dentro, Carib. Si mueren los cristianos ella también morirá. Detén el fuego. Entiendo tu indignación, pero matándonos no solucionaremos nada.

El cacique le miró como si no comprendiera sus palabras. Mientras el humo ascendía a sus espaldas, pensó que, sin duda, aquel era el cura que había ayudado a su hija. Después se dio la vuelta y ordenó a sus hombres que abrieran las puertas. En cuanto las dos grandes hojas de madera se separaron, los feligreses corrieron hacia afuera, aunque algunos se detuvieron en la puerta al ver a los indios. Bartolomé corrió hasta ellos y los ayudó a salir.

—Salgan, están fuera de peligro —dijo Bartolomé.

Los indios miraron indiferentes a los españoles, pero permanecieron con sus armas preparadas. Bartolomé hizo un gesto y pidió a varios soldados que ayudaran a sacar a los heridos. Cuando María y Catalina llegaron a la entrada, Carib miró a su hija vestida de castellana y sintió rabia.

—Yoloxochitl, ¿qué haces vestida como una de ellos? —preguntó Carib.

La joven miró a su padre y se abrazó a él, pero Carib no mostró ningún sentimiento hacia su hija aparte de desprecio. La rechazó y, levantando el brazo, ordenó a sus hombres que abandonaran la ciudad.

Mientras los indios taínos salían por la puerta de la empalizada, el gobernador se acercó a uno de sus capitanes y le dijo:

—Disparen a esos malditos salvajes.

El capitán lo miró sorprendido, pero transmitió la orden a sus hombres. Bartolomé corrió hasta situarse entre los arcabuces y los indios. Levantó los brazos y dijo:

—No más violencia. Los indios se van pacíficamente.

—Nos han encerrado en la iglesia y han matado a varios españoles —dijo el gobernador.

—Nosotros les provocamos secuestrando a la hija del cacique —dijo Bartolomé.

—Una india no vale ni una sola vida castellana —dijo el gobernador.

—Los indios y nosotros somos iguales. Fuimos creados por Dios como hermanos, apenas nos diferencia el color de nuestra piel y nuestras ropas —dijo Bartolomé.

—Ellos son salvajes y nosotros cristianos —dijo el gobernador.

—María es ahora cristiana. ¿Por qué sigues hablando de ella como si no lo fuera? —preguntó Bartolomé.

—Maldición, dadme un arma —dijo el gobernador furioso. Apuntó al cacique y disparó.

La bala hirió a Carib en el hombro. El cacique se dio la vuelta y, con un gesto de dolor, miró a los españoles. Después, todos los indios salieron de la ciudad, mientras la plaza se llenaba de gente y los primeros hombres comenzaban a apagar el fuego de la iglesia.

15

UN BELLO MANCEBO

✠

Sancti Spiritus, Isla de Cuba, 28 de agosto de 1514

EL AROMA DE LAS FRUTAS SE mezclaba con los granos recién traídos de España y el quejido de los animales a punto de ser sacrificados. A pesar de que la mayoría de los puestos vendían alimentos, algunos comerciaban con telas, ungüentos y vajillas de barro. En el mercado, los indígenas y los españoles se mezclaban, dando un colorido a la masa de rostros imposible de imaginar en Europa. Algunos españoles habían pedido que se prohibiera la entrada de indios a la ciudad, pero la orden era imposible de ejecutar. Si los indios no vivían con los españoles, ¿quién limpiaría sus casas, cocinaría sus comidas, lavaría sus ropas y trabajaría para ellos?

María caminaba absorta junto a Catalina. Pensaba que, si aquello era así de tumultuoso, ¿cómo serían las ciudades de España?

—María tomad los huevos y dejad de pensar en vuestras cosas. Que os pasáis todo el día en Babia —dijo Catalina.

—En Babia, ¿qué es en Babia? —preguntó la india, que cada vez hablaba mejor el español.

—En la luna, en otro mundo . . .

—Ah, entiendo.

La joven tomó los huevos y los colocó con cuidado en la cesta. Catalina se dirigió hacia el siguiente puesto, pero, cuando escuchó a un indio estornudar cerca, se apartó y tiró del vestido de la joven.

—Vamos más abajo —dijo la mujer.

—¿Por qué?

—Puede tener la gripe, no quiero morirme en esta tierra salvaje, alejada de mi amada Cáceres.

María frunció el ceño y caminó rápidamente hasta alejarse del hombre enfermo. Había visto a muchos miembros de su tribu sucumbir ante una fiebre alta, que los españoles llamaban gripe, pero ella era una mujer sana que nada tenía que temer.

—¿Por qué vinisteis aquí si echáis de menos España? —preguntó María.

—Las deudas, hija. En Cáceres nos comían los acreedores. Allí, una buena criada apenas gana para comer, pero yo tengo cinco hijos y un marido, un vago, pero un marido al fin y al cabo.

—Echarás de menos a tus hijos —dijo María.

—No hay nada más doloroso que separarse de un hijo, es como si te pusieran un hierro al rojo en la frente —contestó Catalina.

La criada se paró frente a unas telas y en ese momento un joven alto y de pelo castaño pasó rozando a las dos mujeres. Era Diego de Pedrosa, el hijo de Fernando de Pedrosa, antiguo encomendero de María.

El joven miró a la india por unos instantes. María apartó los ojos, aún recordaba los hermosos rasgos del hijo de su torturador. Diego le había llevado agua la noche que pasó atada al poste, después de que su amo la azotase.

—¿Qué os sucede? Parece como si hubierais visto a un fantasma

—dijo Catalina. Después observó al joven que se alejaba por la cuesta y sonrió.

—No es lo que pensáis —dijo María.

—Un mancebo castellano. ¿No es mucho hueso para tus dientes?

—¿Yo con un español? Prefiero que me saquen los ojos. El único hombre bueno que he conocido entre los de tu raza ha sido el padre Bartolomé.

—María, tienes la cara roja y he visto esa mirada en muchas mujeres. Estáis enamorada del mancebo. Es guapo, pero será mejor que os apartéis de él. Nuestro amo os ha salvado de su padre una vez, pero no creo que pueda hacerlo dos.

Catalina siguió caminando y compró un poco de vino. Los hombres se morían de ganas de que llegaran los barcos con provisiones, pero sobre todo por el vino. Los indios tomaban una especie de bebida fuerte, que hacían de un fruto fermentado, pero todos seguían prefiriendo el vino.

Mientras caminaban, un español pasó con un hombre negro atado con una cadena al cuello. La joven se quedó mirándole muy pensativa.

—Es un esclavo negro. Tu gente no aguanta bien la labor y están empezando a traer negros. Al parecer son muy duros para el trabajo —dijo Catalina.

—Nosotros aguantamos bien el trabajo, pero no los latigazos, las cuchilladas y el maltrato de nuestros encomenderos. Ellos únicamente quieren oro, mucho oro, para regresar pronto a España —se quejó la joven.

—Los han traído para edificar la capital. Creo que se llama Santiago, por el apóstol. Dentro de poco, el gobierno se trasladará allí y todos tendremos que ir con ellos.

Cuando llegaron al final del mercado, María vio el río. Desde que vivía con los españoles no podía ir a bañarse. Los cristianos no se bañaban, y menos en cueros, pero echaba de menos el frescor del agua.

—Ya volvéis a estar en Babia. Regresemos a casa, por hoy hemos terminado —dijo Catalina.

Al girarse, María vio a Diego en la puerta de una taberna. Charlaba con unos amigos y, cuando pasó cerca de él, el joven la miró. La india sintió cómo un escalofrío recorría su espalda y aceleró el paso.

Siente algo por mí, pensó María mientras llegaban a la casa. Amar a tu enemigo era la peor desgracia que te podía pasar, aunque una igualmente terrible era no haber sentido nunca amor por nadie.

16

UN PLAN AUDAZ

Sancti Spiritus, Isla de Cuba, 30 de agosto de 1514

LOS TRES DOMINICOS LLEGARON A LA casa de madrugada. Sabían que vigilaban sus pasos y preferían la oscuridad de la noche a la luz del día para tratar aquel asunto. Llamaron al portalón y uno de los criados de Bartolomé les abrió la puerta y los llevó directamente al estudio. Su amo les esperaba sentado, leyendo junto a una vela medio gastada. En cuanto los vio, se puso en pie y les invitó a tomar asiento.

—Estimados padres, gracias por venir tan presurosos a mi llamado.

—Querido Bartolomé, es lo mínimo que podíamos hacer. Gracias a sus predicaciones ha conseguido inclinar el corazón de muchos hacia la misericordia cristiana —comentó fray Pedro de Córdoba.

—Los colonos de aquí, igual que los de La Española, han comenzado a temer a Dios y se cuestionan el trato al indio, pero el rey es el único que puede solucionar estos pleitos —dijo Montesinos.

—¿El rey? —preguntó Bartolomé. El sacerdote sabía que la

corte era un hervidero de intrigas e intereses en el que apenas podía hacerse nada sin poner grandes sumas de oro.

—Su majestad, el rey Fernando, es un hombre justo. Responderá a nuestras demandas —dijo fray Pedro de Córdoba.

—Tengo entendido que ya acudieron a él hace años y no cambió ninguna de las leyes de la encomienda —dijo Bartolomé.

—El sistema estaba comenzando y sus consejeros alegaron que no podía condenarse un sistema que apenas había dado sus frutos. Pero ahora tenemos pruebas de que la encomienda no funciona. Miles de indios han muerto, las tierras están arruinadas y se necesitan esclavos de África para cultivarlas, las injusticias se han multiplicado y muy pocos indios se han convertido al cristianismo —dijo Montesinos.

Bartolomé se puso en pie y comenzó a caminar por la estancia. La ingenuidad de los padres dominicos le conmovía. Él había luchado al lado de Ovando, de Narváez y era amigo de Diego Colón. Aquellos hombres eran duros como el acero y no dejarían que su fortuna se viera reducida por unos malditos indios. Para la corona, lo más importante era que el oro siguiera fluyendo, todo lo demás importaba poco al rey Fernando. Al cardenal Cisneros, que gobernaba en Castilla como inquisidor general, tampoco le interesaban en demasía los asuntos de las nuevas tierras, le preocupaba más la guerra contra los moros en África.

—Deberíamos buscar el apoyo de algunos de los hombres del rey. De esa manera nos aseguraríamos que al menos tuviera en cuenta nuestras peticiones. Antes de ir a España, debemos enviar a un hombre a La Española y pedir a Diego Colón que apoye nuestra causa —dijo Bartolomé.

—Creo que será mejor que lo intentemos primero con su esposa María de Toledo. Es dama piadosa y no dudará en apoyarnos —dijo Montesinos.

—Lo importante es que encaminemos nuestra propuesta, ya tendremos tiempo de marchar a España —dijo Bartolomé.

Los tres dominicos se pusieron en pie y el sacerdote les acompañó hasta la puerta. Abrió el portillo y miró a uno y otro lado.

—No se ve a nadie, marchen en paz —dijo Bartolomé.

Los monjes se colocaron sus capuchas y salieron en silencio. Al fondo de la calle, dos hombres les observaban. Eran hombres de Velázquez, el gobernador, que temía cuáles iban a ser los próximos pasos del sacerdote. Después del ataque indio, Bartolomé había aumentado su fama entre los colonos y algunos estaban renunciando a sus encomiendas. El gobernador pensaba que aquello podía terminar con la prosperidad de la isla y no estaba dispuesto a dejar mucho margen al cura y sus malditas ideas.

Bartolomé entró en el estudio y se dispuso a hacer sus oraciones antes de irse a dormir, pero al pasar por el patio vio la figura de María que se desdibujaba en aquella luminosa noche.

—Padre, será mejor que os cuente mi historia. Puede que os sirva para defender a los míos delante de vuestro rey.

Bartolomé observó asombrado a la princesa. Su bello rostro tenía el ceño fruncido y una expresión de preocupación y urgencia que le resultó curiosa.

—¿Pensáis marcharos, princesa? —preguntó el sacerdote.

—Marcharse, ¿a dónde? Ya no existe mi pueblo. Lo único que me queda es agarrarme a la vida bajo su cuidado —dijo la mujer.

—Pasad, tenéis mucho que contarme —dijo el sacerdote cediendo el paso a la joven. Después cerró la puerta y ella comenzó a hablar.

17

EL REY

✠

EL REY RESOPLÓ UNA VEZ MÁS y, con semblante serio, pidió al secretario de Las Indias, Juan Rodríguez de Fonseca, obispo de Burgos, que se sentara.

—Pero, majestad . . .

—No quiero que me importunéis más con los problemas de Las Indias. Hace dos años nombramos una comisión y se establecieron nuevas leyes para protección de los indios y ahora nos llegan noticias de que un tal Bartolomé de las Casas anda revolviendo los ánimos de nuestros súbditos y levantando a los indios. Que detengan a ese hombre y lo traigan cubierto de cadenas —dijo el rey.

—El padre Bartolomé de las Casas es muy estimado en Las Indias y tiene poderosos amigos —dijo el secretario.

—¿Poderosos amigos? Estáis hablando con el rey, secretario —dijo Fernando enfadado.

—Los dominicos apoyan al padre Las Casas y también es amigo de Diego Colón.

—Razón de más para traerlo encadenado. Los Colón no han

hecho más que darme problemas y los dominicos son como una molesta piedra en el zapato —dijo el rey.

—Un grupo de colonos se ha puesto de parte del sacerdote y han abandonado la encomienda —dijo el secretario.

—Las Indias son una fuente de disputas, un problema que heredé de mi esposa. África y el Mediterráneo son nuestra verdadera fuente de ingresos. Si de mí dependiera, dejaría esas tierras en manos de los salvajes que viven en ellas —dijo el rey.

—De vuestra majestad depende —dijo el secretario.

—Los reyes somos esclavos de nuestros súbditos. No podemos abandonar a esos cristianos, además, si nos retiramos los portugueses se quedarán con todas las nuevas tierras —dijo el rey.

—Entonces . . .

—Esperemos, secretario. Hay cosas que se enderezan solo con el tiempo. Los indios y los cristianos comenzarán a convivir y los problemas cesarán —dijo el rey.

—Pero la población indígena desciende en las islas. Si no fuera por los esclavos negros y los caribes, no habría mano de obra para las minas y las tierras —dijo el secretario.

—Esos indios son unos flojos. No nacieron para trabajar ni para aceptar nuestra fe, pero Dios los ha puesto bajo nuestra responsabilidad y cuidaremos de ellos, pero no como nos pida un monje o un cura beato y amigo de los tumultos. Si Bartolomé persiste, que lo traigan de vuelta —dijo el rey.

El secretario salió de la sala y se dirigió con pasos cortos hasta el patio central. En su cabeza, los problemas no dejaban de bullir. Las cosas en Las Indias no marchaban bien y cada día había más colonos dispuestos a conseguir una fortuna rápida. Esperaba que al menos, el gobernador de la isla pudiera contener al sacerdote antes de que las cosas se complicaran más.

18

LA HISTORIA DE LA PRINCESA YOLOXOCHITL

Sancti Spiritus, Isla de Cuba, 1 de septiembre de 1514

MARÍA SE SENTÓ EN UNA DE las sillas y comenzó a contar a Bartolomé su historia:

—Hace cuatro años que vino a nuestra isla un español al que vos conoceréis, Sebastián de Ocampo. Mi pueblo estaba situado cerca del lago que está al oeste de esta ciudad. Ocampo apenas entró en tierra, pero nuestros hermanos de Tayabacoa nos advirtieron de que había hombres blancos con grandes canoas cerca de la costa.

»Cuando Diego de Velázquez vino con sus barcos para invadirnos, nuestros caciques estaban divididos. Unos querían luchar, pero otros temían que la destrucción de la isla La Española se diera también en la nuestra. Al final, Velázquez desembarcó al sur de la isla. Allí les esperaba Hatuey, un cacique de la otra isla que había reunido un ejército para combatir a los españoles. Después de meses de luchas, Velázquez capturó a Hatuey. Le pidieron que abandonara su paganismo, pero, como se negó, fue quemado en la hoguera. Prefería ir al infierno que al mismo cielo en el que estaban esos crueles españoles.

»Los españoles se establecieron en Baracoa. Nuestro pueblo se asustó al escuchar sobre las atrocidades que cometían los soldados con nuestros hermanos del sur. A unos amputaban los miembros, a otros cortaban las orejas o los dedos de las manos. Las mujeres eran violadas y nuestros hijos arrojados como alimento a los perros.

»En Camagüey, los españoles mataron a todo un poblado».

Cuando la princesa nombró Camagüey, Bartolomé dio un respingo. Él había estado allí y había sido testigo de la masacre. Aún se levantaba sobresaltado a media noche recordando la crueldad de sus compatriotas contra aquel pueblo indefenso.

Los indios les recibieron pacíficamente, incluso les sacaron comida y otros regalos. Él y sus amigos entraron hasta la gran plaza central de la aldea y se sentaron a comer. De repente, un soldado se levantó y sacó su espada. Comenzó a matar indios y el resto de soldados le imitó. Mientras los niños eran destripados y las mujeres encintas violadas, Bartolomé intentó reunir a un grupo de indios y los guardó en una de las chozas grandes. Cada vez que sus compatriotas se acercaban los echaba con maldiciones. Mientras todo esto ocurría, Narváez, su amigo y jefe de la expedición, observaba la escena impasible. Cuando la sed de sangre de los españoles se sació, Bartolomé se acercó a Narváez y le increpó por lo sucedido. Aquello fue el principio del fin de su vida como soldado y conquistador.

La princesa continuó con su historia:

—El miedo recorrió la isla. No sabíamos qué hacer. Si nos enfrentábamos a los españoles seríamos exterminados, pero si nos rendíamos también acabarían con nosotros. Algunos optaron por el suicidio, otros intentaron dejar la isla, pero la mayoría simplemente esperamos a que nos llegara el turno para descubrir lo que estaba dispuesto a hacer con nosotros ese pueblo cruel llamado cristiano.

»Cuando llegaron a nuestro poblado, la sed de sangre había cesado en parte. Nos hicieron prisioneros, nos obligaron a construir la ciudad y a trabajar en las minas. No hubo matanzas, pero las raciones de comida eran tan escasas y los trabajos tan duros que hubiera sido mejor que nos hubieran ejecutado allí mismo.

»Yo caí en manos de Fernando de Pedrosa. Mi amo recibió las tierras próximas al lago, a media jornada de aquí. Nos pedía pescado, oro y caza. También intentaba sembrar batata y otros alimentos, pero apenas nos daba nada de la cosecha. Una de las tardes que salía a pasear con su caballo blanco, entró en mi aldea y me vio junto a mi madre. Estábamos limpiando la choza y preparando la comida para la llegada de los hombres. Me señaló con su fusta y dos soldados me subieron a un caballo y me llevaron hasta su casa.

»Nuestro amo solía tomar las mujeres que más le gustaban. Yo acababa de cumplir quince años y hasta el año pasado había vivido casi encerrada en nuestra choza, para que los españoles no me vieran. La mala suerte me hizo caer en manos de mi amo.

»Cuando llegué a la casa, dos indias me lavaron en un gran tonel y me llevaron a la casa principal. Las criadas únicamente vestíamos de cintura para abajo. A pesar de ser tan beato nuestro amo, no consentía que nos tapáramos nuestros senos.

»Al mes de estar en la hacienda, me pidieron que llevara vino al amo. Entré en la casa y llevé la bebida en un cuenco de barro hasta la habitación grande. Allí mi amo me violó. Nunca había llorado tanto, pero desde aquel momento determiné escaparme o matarlo.

»Una de las noches que intentaba violarme de nuevo, le hinqué un cuchillo en la espalda. Creí que me iba a matar, pero en cambio me ató a un poste y me azotó. Después me dejó allí para que me muriese de hambre, pero su hijo me traía comida a escondidas por la noche. Después de tres noches, viendo que no me moría, decidió quemarme al día siguiente, pero su hijo me desató y escapé a la selva. El resto ya lo conocéis».

Bartolomé miró a la joven. Parecía tan inocente que le costaba creer todas las cosas que había vivido en aquellos años. Fernando de Pedrosa era un sanguinario, homicida y violador. Merecía la muerte, pero la vida de un indio no valía nada para los españoles. Aunque Yoloxochitl ahora era cristiana, su testimonio no era válido contra un español.

—Algún día haremos justicia —dijo Bartolomé a la joven.

—¿Justicia? No creo en vuestra justicia, pero veo en vos un amor especial a mi pueblo. ¡Sálvenos, padre! Todos pereceremos si no nos protege de estas malas bestias —dijo la joven.

—Todos no son malos, María —dijo el sacerdote.

—Pues me parecen diablos —contestó la joven.

—Hablaremos con el rey, con el virrey y con el Papa si es necesario, pero no permitiremos que os destruyan por su avaricia. Yo antes era uno de ellos, pero he comprendido que sois mis hermanos y que nadie tiene el derecho a trataros así. Dios os amparará. Él nunca deja solos a sus hijos —dijo el sacerdote.

—¿Qué Dios? ¿El de los españoles? —preguntó enfadada la joven.

—El reino de Cristo no es de este mundo, aunque algunos intenten justificar sus fechorías usando su nombre. Venceremos María, tenlo por seguro.

19

EL PRIMER VIAJE

Santiago, la Isla de Cuba, 5 de septiembre de 1514

La mudanza fue larga y pesada. Al trasladar todos sus enseres a la nueva casa, Bartolomé comprendió la cantidad de cosas inútiles que había acumulado en aquellos años. Regaló parte de ellas a los pobres y se quedó casi en exclusividad con los libros. Cuanto menos tenía, más feliz y libre se sentía, como si las cosas le ataran al suelo. Aun así todos los criados tuvieron que trabajar duro para tener todo a punto.

Después de una semana perdida, Bartolomé se centró en preparar el viaje a La Española, escribir una carta a la mujer de Diego Colón y preparar su estrategia con Montesinos y el resto de los dominicos. El apoyo que tenía en la isla era limitado y muy pocos habían renunciado a sus privilegios, el gobernador le mantenía en una estrecha vigilancia y sus enemigos esperaban que diera un paso en falso. Toda aquella presión le hacía sentirse angustiado y buscar en la oración el consuelo que no podía darle la vida cotidiana.

Antes de partir para La Española, Bartolomé pensó en la suerte de su protegida. Sus enemigos buscarían matarla o volver a esclavizarla en cuanto él se fuera. Por eso decidió llevarla con él. No era prudente que un sacerdote viajara con su criada, muchos hombres de iglesia convivían con sus concubinas y, aunque era socialmente aceptado, él aborrecía ese comportamiento.

Un día antes de partir para La Española, llamó a María para preguntarle su opinión.

—María, mañana viajo a La Española y había pensado que me acompañaras. Allí permanecerías con unas hermanas, intentaría que aprovecharas el tiempo aprendiendo a leer y escribir. No creo que esté mucho tiempo en la isla, pero al menos podremos aprovechar la estancia, yo en mis negocios y vos aprendiendo nuestra lengua —dijo Bartolomé.

—Yo ya hablo español —dijo la joven.

—Cuando aprendas a leer, te darás cuenta de cuán diferente es el mundo. Nuestras charlas nos ayudan a interpretar la tierra, pero nuestras lecturas nos ayudan a hacernos las preguntas adecuadas —dijo Bartolomé.

La joven se quedó pensativa. No entendía para qué los españoles necesitaban sus libros. Los taínos atesoraban toda su cultura en las palabras de los ancianos. Por las noches, los más mayores contaban a los jóvenes sobre el origen de su pueblo y les enseñaban las leyendas de sus antepasados. Los padres educaban a sus hijos en el arte de la caza y el cultivo y las madres les advertían sobre plantas venenosas o los peligros de la selva. No hacía falta leer ningún libro.

—Tal vez sea peligroso —dijo la joven.

Bartolomé se echó a reír. La inocencia de María le emocionaba y admiraba al mismo tiempo. Su mente y su corazón eran libros en blanco en los que poder escribir lo que quisiera.

—Dios nos dio los libros para que los hombres no nos olvidáramos de las grandes lecciones de la vida. Los humanos somos tendentes a vivir sin pensar. Decía el predicador en el libro de

Eclesiastés que el que añade ciencia añade dolor. Pero lo cierto es que el conocimiento nos libera. Primero, de nuestra ignorancia; después, de muchos temores y prejuicios; por último, de la tentación de simplificar todo, juzgando las cosas por lo que vemos, cuando lo esencial es invisible a los ojos.

—Habláis con un galimatías. ¿Si aprendo a leer seré tan confusa como vos? —preguntó la joven.

Bartolomé comenzó a reír de nuevo. Aquella joven era más inteligente y prudente que muchos obispos que había conocido.

—Leer aclarará tu mente y tal vez entiendas mejor a tus enemigos —dijo el sacerdote.

—Padre, no les quiero entender, les quiero odiar —contestó la joven.

—El odio y la inteligencia están reñidos, la verdadera sabiduría siempre nos conduce a Dios, y Dios es amor.

Las palabras de su amo le parecieron muy bellas. El amor era un lenguaje universal y ella podía ver en la mirada del sacerdote su amor por los demás.

—Os acompañaré. Seré la primera mujer taína que sale de esta isla —dijo María.

—Seréis la primera en muchas cosas, estimada María —dijo Bartolomé.

Al día siguiente tomaron una de las naves que comunicaba semanalmente las dos islas. La Española continuaba siendo el centro político y económico de Las Indias. El virrey gobernaba todas las posesiones desde allí, aunque cada isla tuviera su propio gobernador. Las mercancías que venían de España primero pasaban por los puertos de La Española.

A María le fascinó el viaje. Aquel gran cascarón se movía demasiado y tardó un poco en hacerse al movimiento, pero pasó la mayoría del tiempo en cubierta, asomada a aquella ventana que le

mostraba el mundo desde perspectivas que ella nunca había imaginado. Por su mente pasó la idea de que la tierra era más grande de
lo que siempre había creído y deseó conocer, pero notó el temor a
alejarse de lo conocido y perderse por el camino.

20

LA ESPAÑOLA

Santo Domingo, Isla de La Española, 8 de septiembre de 1514

Los enemigos de Bartolomé no se habían quedado quietos. El gobernador Velázquez envió a uno de sus hombres a La Española para defender su postura. Las enemistades entre Diego Colón y los otros gobernadores podían favorecer la causa de Las Casas y los dominicos. Al mismo tiempo, Velázquez dirigió algunas cartas a la corte, para atajar un posible intento de Las Casas para ganarse el favor del rey.

Bartolomé se alojó en el monasterio de los dominicos y María en un pequeño cenáculo de monjas, que apenas podía llamarse convento. Los dos edificios estaban próximos y el sacerdote pasaba por la tarde a ver a su protegida. Ambos caminaban por el jardín y compartían las impresiones del día.

—¿Qué habéis aprendido hoy? —preguntó Bartolomé a la mujer.

—Las vocales, es increíble que cada sonido pueda expresarse en un signo. Nunca lo hubiera imaginado —dijo María.

—La lengua es uno de los misterios del ser humano, la expresión divina que nos convierte en hombres y mujeres —dijo Bartolomé.

—Espero que algún día mi pueblo pueda crear una escritura —dijo la joven.

—Eso espero yo también. No me gustaría que la memoria de los taínos desapareciera con la muerte de sus ancianos —contestó Bartolomé.

—¿Cómo os fue a vos? —preguntó la joven.

—Bien, aunque es el tercer día que intentamos ver a la esposa del gobernador sin éxito. Tengo la sensación de que alguien se está oponiendo a nuestra visita. Antes de salir de Santiago habíamos acordado una audiencia —dijo Bartolomé.

—Será cuestión de tiempo, seguro que sois capaz de solucionar este problema —dijo María.

Bartolomé se sentó en un banco de piedra y permaneció callado unos instantes. Aquella isla había sido su hogar durante varios años, pero seguía añorando Sevilla. Tal vez nunca debió dejar sus estudios y recorrer medio mundo para vivir una aventura. A veces tenía la sensación de que no controlaba su propia vida, como si una mano invisible dirigiera sus pasos.

—En muchas ocasiones me veo empujado a actuar, a pesar de que me resisto, percibo un impulso que no proviene de mí y que no me permite permanecer impasible —dijo el sacerdote.

—Os entiendo.

—Cuando salí de La Española, en las calles de Santo Domingo podían verse centenares de indios, ahora apenas veo cada mañana unas docenas. No sé si llegaremos a tiempo —afirmó abrumado Bartolomé.

—El hombre no puede controlar el futuro, padre —dijo María.

—Eso es cierto, será mejor que no me preocupe tanto. Mañana volveremos a vernos y tal vez traiga mejores noticias —comentó Bartolomé.

El sacerdote saludó a la joven y salió del cenáculo. Su mente seguía dando vueltas al mismo asunto, pero los hilos del destino estaban a punto de tejer las circunstancias necesarias para que todo cambiara de repente.

21

UNA MISTERIOSA DAMA

Santo Domingo, 10 de septiembre de 1514

LAS MONJAS ESTABAN ALBOROTADAS AQUELLA MAÑANA. Apenas prestaron atención a María y ella aprovechó para pasar el día en el jardín y recorrer el huerto. Después visitó el edificio que estaban construyendo al otro lado de la finca tapiada. Tras observar la construcción, la joven regresó al jardín y se sentó en uno de los bancos. El perfume de las flores y el canto de los pájaros le hicieron olvidar la pesada carga de su pasado. Allí, lejos de su isla, tenía la sensación de ser una persona nueva.

Una dama entró al fondo del paseo y caminó despacio hasta ella. Se la quedó mirando, como si se extrañara de ver a una india sentada ociosamente y le dijo:

—¿No tenéis nada que hacer?

María la miró sorprendida. Aquella mujer era muy bella, de porte elegante y mirada altiva. Sin duda, se trataba de una princesa española.

—Me han dado la mañana libre, hoy no tengo que estudiar.

La dama pareció calmarse al escuchar la palabra estudio. La miró de nuevo y comenzó a reírse.

—¿Estudiar? Desde cuando una mujer, y además india, estudia nada.

La joven se puso en pie. La española era más alta, su piel blanca y lechosa contrastaba con unos profundos ojos marrones.

—¿Desde cuándo a una mujer le molesta que otra estudie? —preguntó.

La dama miró a la cara de la joven. Debía de tener menos de treinta años, pero sus ojos empezaban a mostrar unas pequeñas arruguitas. La dama era muy bella, la mujer más hermosa que María había visto nunca.

—No me molesta, me sorprende. Sois la primera mujer en esta parte del mundo que me ha dicho que se dedica a estudiar. Sin duda os haréis religiosa —dijo la dama.

—¿Religiosa? No, simplemente las monjas me están enseñando a leer y escribir —dijo María.

—¿Para qué os enseñan? Si no vais a ser religiosa, la lectura no os beneficiará para nada —dijo la dama.

La joven frunció el ceño. No entendía por qué esa entrometida tenía que meterse en lo que ella hiciera o dejara de hacer.

—Mi mentor me está ayudando. Él piensa que si aprendo a leer y escribir podré guardar la memoria de mi pueblo.

—¿Quién es vuestro mentor? —preguntó la dama.

—El padre Bartolomé de las Casas —contestó María.

—El sacerdote alborotador —dijo la mujer.

—El defensor de los indios —puntualizó María.

La dama sonrió al ver la actitud defensiva de la joven. Después inclinó la cabeza y se despidió de ella. María se quedó en silencio, mientras la dama desaparecía por el paseo. Intentó distraerse por el jardín, pero aquella mujer la había alterado demasiado. Regresó al pequeño estudio de las monjas y se puso a leer. Cada palabra de la desconocida sacudía su mente como un látigo. *A lo mejor tenía razón*, pensó, *las mujeres no deben saber más que los hombres*, pero enseguida desechó la idea. No veía por qué aquel que había creado a hombres y mujeres por igual iba a rechazar a la mitad de su creación, para favorecer a la otra media. Si los hombres podían leer, ella también lo haría.

22

LA NIETA DE LA MOLINERA

Santo Domingo, 11 de septiembre de 1514

Desde el ángulo lateral de la iglesia, María observó a la dama y la señaló con el dedo. El padre Bartolomé la reprendió y le dijo que atendiera a la misa. Al terminar el oficio, María se acercó de nuevo al sacerdote.

—Padre, esa es la mujer con la que hablé el otro día.

—¿Qué mujer? —preguntó el sacerdote.

—Aquella, la dama vestida de azul —contestó la joven.

—¿Hablasteis con María de Toledo? —preguntó el sacerdote.

—¿María de Toledo? ¿Es ese su nombre? Parece una mujer arrogante y altiva. ¿Es una princesa?

—María de Toledo es la mujer del Diego Colón, el virrey. Espero que no la importunarais.

La joven no contestó a la pregunta. Lo cierto era que se había comportado muy ariscamente con la dama, pero la mujer del virrey tampoco había sido muy amable con ella.

María de Toledo les observó desde lejos y después se acercó con una de las damas de compañía hasta ellos.

—Padre Las Casas, el otro día conocí a su protegida. Aunque desconozco su nombre —dijo la mujer.

—Se llama María, como vos —contestó el sacerdote.

Bartolomé llevaba varios días intentando hablar con la mujer del virrey y ahora era ella la que se acercaba en mitad de la iglesia para charlar con él.

—Me dijo que estabais ayudándola a leer y escribir, para que guardara la memoria de su pueblo —dijo la dama.

—Sí . . . —balbuceó el sacerdote.

—Por fin alguien se ocupa de nuestros indios. Llevo cinco años en esta isla y sois el primer español que demuestra corazón además de valor. Sé que queréis hablar conmigo de vuestros indios, pasaos mañana por mi residencia, pero traed a vuestra protegida.

—Gracias, señora —comentó el sacerdote.

María de Toledo hizo una leve inclinación y se alejó de ellos.

—¿De qué hablasteis? —preguntó Bartolomé cuando se quedaron a solas.

—De la lectura y de si las mujeres debían aprender letras —comentó María.

—Pues le gustó lo que escuchó. Habéis conseguido en una charla lo que todos mis contactos no han conseguido con influencias y dinero —dijo el sacerdote eufórico.

—Yo pensaba todo lo contrario. Me pareció que la dama se molestaba conmigo.

—Hay una altivez en los españoles difícil de entender. Si algo admiramos es el valor y la gallardía. Os estaba probando y ha visto que sois una mujer valiente. Mañana vendréis conmigo.

La joven se puso algo nerviosa. Aquella dama lograba inquietarla, como si fuera capaz de desnudar su alma con una simple mirada.

—Si vos me lo pedís —contestó la joven.

—En el tiempo que nos queda en la isla, yo mismo me ocuparé de que aprendáis más cosas: Latín, Geografía e Historia. Sois la mejor prueba de lo que puede hacer un indio si se le da la oportunidad —dijo el sacerdote.

—Gracias, padre.

—Si la mujer del virrey aprecia lo que estoy haciendo con vos, convencerá a su marido, y él al rey.

—¿Tanto poder tienen las mujeres en España? —preguntó María.

—Hasta hace poco teníamos una mujer en el trono. Tal vez deberían tener más poder, pero María de Toledo os aseguro que es una de las mujeres más influyentes de la corte y la mujer más poderosa de Las Indias.

A María aquellas palabras no la tranquilizaron. Era demasiado tímida para exhibirse delante de extraños. Pero tenía que servir a su pueblo, aquella mujer podía decidir el futuro de sus amigos y parientes. Ella se limitaría a hacer lo que el padre le dijera.

23

UN ASESINO

Santo Domingo, 12 de septiembre de 1514

FERNANDO DE PEDROSA ENTRÓ EN LA pequeña taberna y se dirigió a una de las mesas del fondo. Allí les esperaba el Mulato, el hijo ilegítimo de una esclava africana y un noble cordobés. El Mulato vendía sus armas al mejor postor, había conseguido la autorización de la Casa de Contratación gracias a un soborno y desde que se había instalado en La Española había juntado una pequeña fortuna. En Las Indias había muchos celos y contiendas, pero sobre todo mucho oro. Al Mulato le daba igual trabajar para unos o para otros, con la condición de cobrar por adelantado y cubrirse las espaldas, por si la justicia iba por él.

—Mulato, ¿recibisteis mi mensaje?

—Sí. Lo que no entiendo es qué interés puede tener una india —dijo el asesino.

—Quiero que la violéis y la matéis. Después ya me encargaré de que otro cargue con tu culpa —dijo Fernando de Pedrosa.

—Un trabajo fácil y rápido, pero sin duda peligroso. El individuo al que queréis destruir tiene amigos muy poderosos. Personas que no dudarán en buscarme y ahorcarme si descubren que he sido yo —dijo el asesino.

—Los que os contratan son más importantes e influyentes y pueden conseguir que un juicio no se celebre jamás —dijo Pedrosa.

—¿Para cuándo queréis que haga el trabajo?

—Cuanto antes mejor, no podemos permitir que ese individuo hable con el virrey —dijo Fernando de Pedrosa.

—Pues mañana mismo haré vuestro encargo —dijo el asesino.

—Quiero que os disfracéis de sacerdote y que os aseguréis de que os ven salir de la casa.

—No os preocupéis, sabré llamar la atención. Cuando quiero, puedo ser invisible, pero también sé hacerme notar —dijo el Mulato sonriente. La cicatriz que le partía el labio y llegaba hasta el ojo derecho formó una inquietante expresión en su rostro.

Cuando Fernando de Pedrosa salió a la calle, su hijo Diego le esperaba.

—¿Por qué habéis tardado tanto? —preguntó.

—Son cosas que no os interesan, cumplo las órdenes del gobernador Velázquez —contestó su padre.

Diego de Pedrosa sabía por qué habían salido tan precipitadamente de la isla, su padre quería deshacerse de Bartolomé de las Casas. La joven india era su punto más débil y su padre no duraría en emplearla para desprestigiar al cura. A él, Yoloxochitl le parecía la mujer más bella de la tierra, pero sabía que su amor era imposible. Estaban en bandos enfrentados y eran de razas irreconciliables. Aunque había muchos matrimonios mixtos entre españoles e indias, su familia nunca consentiría que un mestizo heredara su fortuna. Mientras caminaban por las calles de Santo Domingo, Diego se alegró de haber entrado en la taberna y escuchado la conversación, no dudaría en proteger a Yoloxochitl, aunque eso pudiera costarle la vida.

24

DOS MUJERES

✠

EL PALACIO DEL VIRREY ERA AMPLIO y cómodo. La casa más bella y principesca de Las Indias. Tenía dos alturas y una larga balconada cubierta por arcos. Tan sólida como un castillo, pero con la elegancia de una mansión italiana. La casa estaba dentro de una muralla de protección y tenía una salida directa al mar, para poder soportar un asedio. Los jardines estaban muy cuidados y las palmeras crecían altas y orgullosas, sacudidas por el viento. María nunca había visto nada igual. En las paredes colgaban tapices con escenas de caza o mitológicas, los muebles habían sido traídos de Venecia y el lujo de los arcones resplandecía sin descubrir lo que guardaban dentro.

El virrey tenía fama de avaricioso, en eso era muy parecido a su padre Cristóbal. Había defendido con uñas y dientes sus derechos sobre el mundo recién descubierto y pretendía sacarle el mayor número de riquezas posibles antes que el rey Fernando o sus herederos intentaran arrebatárselo. Aunque había algo que limitaba su avaricia: su profunda devoción religiosa, que, animada por su

78

MARIO ESCOBAR

esposa, le hacía contribuir a numerosas casas de misericordia, orfa-natos y otras instituciones religiosas. Diego Colón, al igual que su padre, estaba convencido de que la llegada de los españoles a Las Indias estaba dirigida por algún designio divino y que su deber era convertir a los indios. Por ello, los indios de La Española estaban protegidos en parte y el virrey había favorecido la venta de esclavos de África, para evitarles los trabajos más duros.

María de Toledo les esperaba en uno de los salones de la casa. La sala era espaciosa y fresca, algo oscura, pero acogedora. La mujer del virrey estaba sentada sobre unos cojines en uno de los lados del gran salón, a la costumbre mora. Muchos castellanos utilizaban esos rincones para esparcimiento.

—Mis queridos invitados. Les puedo ofrecer algo fresco, un poco de agua, uicú o un poco de vino con canela —dijo la virreina haciendo un gesto a la criada.

—No, gracias —contestó el sacerdote. María tomó un poco de agua.

—Estimado sacerdote, lamento no haberos recibido con ante-rioridad, pero muchas tareas me reclaman. La ciudad ha crecido y hay varios monasterios, la iglesia, el obispo y un montón de necesi-dades. Santo Domingo es rico, pero no todos sus vecinos corren la misma suerte.

—Os agradezco la amabilidad de recibirme —dijo el sacerdote.

—Espero oíros predicar pronto en la iglesia —dijo la virreina.

—No estoy muy seguro de que algunos quieran oírme hablar, y menos en un púlpito.

—Mi marido os aprecia, sabe que luchasteis junto a Ovando, y la conquista de La Española y Cuba se consiguieron gracias a hom-bres como vos.

Bartolomé prefería olvidar esa parte de su vida, pero sin duda la culpa le perseguiría hasta la muerte. Ya no era el joven impetuoso en busca de fortuna, el aventurero capaz de cualquier cosa.

—Mis días de soldado quedan muy lejos, hoy milito en otro ejército, pero mi Señor es un Dios de paz —dijo el sacerdote.

—Coincido con vos. Estoy cansada de tanta violencia. Vinimos aquí para construir algo nuevo y lo único que veo es sangre y muerte —dijo la mujer.

—Eso es lo que deseo evitar con vuestra ayuda y la de vuestro marido —dijo Bartolomé.

María de Toledo permaneció unos segundos callada. Tomó la copa y apuró su bebida. Después se puso en pie. Se sentía incómoda al ver a sus dos invitados frente a ella.

—Siéntense en la mesa —les invitó.

—Los indios de Cuba se están muriendo, como ya sucedió en esta isla. El mucho trabajo, la mala alimentación y la violencia los diezman sin cesar. Apenas tienen hijos y los que les nacen están tan enfermos que no superan el año de vida. Si no protegemos a esta gente, en cien años no quedará ni uno de ellos —dijo el sacerdote.

—Sé de qué habláis. En los últimos tiempos hemos tenido que traer miles de esclavos negros. Ni los caribes ni los taínos logran sobrevivir a tanta explotación. Sin duda, necesitan un protector. Lo que no sé es qué podemos hacer nosotros por ellos —dijo la mujer.

—Mucho, señora. Lo primero es impedir que se siga matando indios. Castigar a los españoles que los asesinen o mutilen, liberarles de sus pesados trabajos y favorecer nuestra labor cuando lleguemos a España —dijo Bartolomé.

—Estamos atados de pies y manos, padre. Muchos quieren que los Colón pierdan sus privilegios. Yo soy sobrina nieta del rey, pero su majestad está deseando desprotegernos de nuestros privilegios, para poder quedarse con nuestras rentas. Esa es la triste verdad —dijo la mujer.

El sacerdote se puso en pie. Comenzó a pasear por la estancia con las manos agarradas detrás de la espalda.

—No entiendo en qué puede perjudicaros mi propuesta.

—El rey quiere resultados, oro y metales. Si la producción baja o los costes crecen, nos echará la culpa e intentará quitar el virreinato a mi marido.

—Pero lo que yo os propongo será más rentable para vos que matar a los indios.

—¿Qué me proponéis, padre? —preguntó la mujer intrigada.

—Liberar a los indios, crear sus propios poblados y defenderlos de los españoles. Una tercera parte de lo que produzcan irá para el rey, las otras dos terceras partes servirán para su sostenimiento. En veinte años, la población crecerá y esta tierra recuperará su vigor. Al mismo tiempo debemos traer colonos de España, para que cultiven la tierra y trabajen en las minas —dijo Bartolomé.

—No estoy segura de que el rey esté de acuerdo en un cambio tan profundo —dijo la mujer.

—Pues si no lo está tendremos que convencerle —dijo María, que hasta ese momento había estado en silencio.

Bartolomé y la virreina la miraron sorprendidos. María agachó la cabeza avergonzada, pero la mujer de Diego Colón se puso en pie y se acercó hasta la joven.

—En España defienden que los indios no pueden ser cristianizados y que no son tan inteligentes como nosotros. Si ven a vuestra pupila puede que cambien de opinión —dijo la mujer.

—Eso es lo que intento demostrar. Los indios son como nosotros y, si nos unimos a ellos en una república feliz, dentro de cincuenta años habremos creado una raza fuerte, rica y capaz —dijo Bartolomé eufórico.

—Pero en España tendrá muchos enemigos. El primero, el obispo Fonseca, que no quiere que se cambie la encomienda;

después el rey, que aunque está viejo sigue siendo avaricioso. No creo que recibáis muchos apoyos desde aquí y mi marido no lo hará abiertamente, aunque yo sí os apoyaré. Que una mujer haga una obra de piedad no parece importar mucho a nadie, ni siquiera a nuestros enemigos. En tan poco nos tienen a las mujeres —dijo la virreina.

María de Toledo se acercó a la joven y posó una mano en su hombro. Después le acarició la cara.

—Dios te ha elegido para una misión muy alta. Todos querrán callarte, pero tú habla. Que todo el mundo sepa que una mujer india es tan valiosa como el oro de esta tierra.

—Gracias señora —dijo María.

—Gracias a ti, este Nuevo Mundo tiene que cambiar, es demasiado parecido al viejo —dijo la mujer.

—Os dejamos, señora —dijo Bartolomé.

—Le diré al obispo que os permita hablar. Me debe un par de favores y sé que no sabrá negarse. Es bueno que suba al púlpito, padre.

—Gracias otra vez.

Bartolomé y su protegida se retiraron de la sala y se dirigieron por el pasillo hasta el patio. Después caminaron hasta salir de la muralla. Una vez fuera, María preguntó al sacerdote:

—¿Nos ayudará la mujer del virrey?

—Sí, aunque lo que ella no quiere reconocer es que su marido ha contribuido un poco a crear este infierno. Ha dividido las haciendas a su antojo, creando una nueva nobleza tan tiránica como la de España. El odio de los colonos se transforma en maltrato a los indios. Si no nos apresuramos no habrá nadie a quién salvar. Al menos en estas islas. Aunque Vasco Núñez de Balboa ya ha encontrado tierra firme y un nuevo océano. Todo un mundo por descubrir —dijo el sacerdote.

—¿Un nuevo océano? —preguntó la joven maravillada.

—Si, lo han llamado Pacífico.

—Pacífico, qué bello nombre —comentó María.

Caminaron por las calles de la ciudad. El sol comenzaba a declinar y el calor ya no era tan fuerte. Bartolomé dejó a María a las puertas del cenáculo y después se dirigió hasta el de los dominicos. Una figura salió de las sombras, saltó la tapia del cenáculo y fue en busca de su presa. Nadie podría detenerle.

25

EN PELIGRO

✠

Santo Domingo, 12 de septiembre de 1514

LA JOVEN PERCIBIÓ UN RUIDO A su espalda y notó cómo el corazón se le aceleraba de repente. Estaba a menos de veinte metros de su habitación, pero el patio estaba en silencio y no había ni rastro de las monjas. Aceleró el paso, pero, cuando estuvo justo frente a su puerta, el sonido de unas botas sobre la gravilla la hizo girarse. Frente a ella había un hombre vestido de sacerdote, alto y con la cara tapada por una capa. María se quedó paralizada por unos segundos, pero después giró e intentó entrar en el cuarto. No pudo dar ni un paso, el hombre la atrapó con sus fuertes manos y la empujó para adentro.

El olor a sudor del desconocido revolvió a María. Le recordó al hedor de su viejo encomendero. Intentó gritar, pero su agresor le tapó la boca y se lanzó sobre ella.

—Maldita, no grites. Te prometo que disfrutarás —dijo el hombre con una voz ronca.

María cerró los ojos mientras forcejeaba. Prefería morir que soportar una nueva humillación. El hombre le sujetó las manos sobre la cabeza, levantó su vestido y comenzó a besar su cuello.

Dios mío, sálvame, gritó en su interior la mujer. Hizo un último esfuerzo para quitarse al hombre de encima, pero fue inútil. Era demasiado grande y fuerte.

—¿No te gustan los blancos? Pues yo te gustaré más —dijo el violador.

—No, por favor —logró murmurar.

—Será un instante, después descansarás para siempre.

Descansar para siempre, se dijo la joven. Era más de lo que hubiera pedido. Este mundo no le había dado muchas alegrías. No estaba segura de querer soportar una nueva humillación. Dejó el cuerpo muerto, con la esperanza que el desprecio fuera suficiente para apaciguar su horror, pero no lo fue.

26

UNA ANIMADA CHARLA

MONTESINOS ESCUCHÓ IMPACIENTE A BARTOLOMÉ. Normalmente lograba controlar sus sentimientos, pero ahora que el sacerdote había logrado ver a la mujer del virrey y arrancarle alguna promesa, no podía evitar sentirse nervioso.

—Nos ayudará. Intentará inclinar la balanza a nuestro favor en La Española, pero también en España —dijo Bartolomé.

—Es una buena aliada —comentó Montesinos.

—María de Toledo tiene influencia en la corte, por algo es la sobrina nieta del rey —dijo Bartolomé.

—Las mujeres son nuestras mejores aliadas en esta causa. Ellas tienen la sensibilidad suficiente para comprender la injusticia que se está cometiendo.

—Ahora tenemos que esperar, la oración nos ayudará a apaciguar los ánimos, ver las cosas más claras y actuar prudentemente —dijo Bartolomé.

—Dios apoya nuestra causa, pues somos son sus criaturas —dijo Montesinos.

—En eso estáis equivocado. Es la causa de Dios y somos nosotros los que la apoyamos. Somos sus instrumentos —dijo Bartolomé.

El sacerdote se veía como parte de un todo. Un poder transformador que buscaba la mejora del mundo.

Los dos hombres se pusieron de rodillas, pero desde que comenzaron a orar, una sensación de angustia invadió a Bartolomé. Presentía que algo terrible estaba a punto de ocurrir. Oró con toda la fuerza que pudo e intentó calmar su alma, pero no lo consiguió.

—Dios mío, favorece tu causa. Ayuda a tus hijos, los indios, no permitas que sean destruidos. Conviértelos a ti, ayúdanos a ser un ejemplo para ellos —dijo el sacerdote.

Después se quedó en silencio unos segundos. Hasta que su oración se centró en María.

—Padre, no permitas que le pase nada malo a María, ella es una nueva reina Ester que salvará a su pueblo de la aniquilación. Protégela del mal y que el maligno no la toque.

Tras pronunciar aquellas palabras, sintió una inmensa paz, como si algo hubiera cambiado en los cielos. Respiró hondo y siguió orando.

27

AYUDA

✠

ESCUCHÓ LAS VOCES DESDE FUERA. EMPUJÓ la puerta con cuidado y vio al hombre sobre María. Sacó la espada y se la hincó en el costado. El hombre bramó y comenzó a blasfemar, mientras se incorporaba y tomaba su espada. El desconocido le dejó armarse. El Mulato lanzó una estocada, pero su atacante la desvió. Sus espadas comenzaron a golpearse, mientras María se arreglaba las ropas y se refugiaba en una de las esquinas de la habitación.

El desconocido lanzó un golpe a su enemigo y le hirió en el hombro.

—¡Maldito entrometido! ¡Hoy morirás! —gritó El Mulato.

—Hoy estarás en el infierno —le contestó el desconocido, con el rostro oculto por la capa.

La pelea continuó, pero el mercenario comprendió que aquel desconocido era mucho más que un aficionado. Intentó acercarse a la puerta. Cuando estuvo al lado, se giró de repente y comenzó a correr.

El desconocido dudó por unos instantes, pero al final decidió quedarse en el cuarto. Se acercó a la joven y le ofreció su mano.

—El peligro ya ha desaparecido.

María levantó la cabeza y miró al caballero. Sus ojos centellearon en la oscuridad. El desconocido encendió una vela, después tomó la sábana y tapó a la joven. María comenzó a llorar, como si durante todos aquellos años hubiera intentado hacerse fuerte, pero ya no podía más.

El desconocido la abrazó y se quitó el pañuelo de la cara.

—¡Diego!

El joven sonrió y sin soltar a la joven le preguntó:

—¿Estáis bien?

Ella comenzó a temblar. El hombre que la había salvado de la muerte era su amado.

—Siento que sufráis de nuevo a causa de mis compatriotas. Si supierais . . .

—No habléis. Soy yo la que os agradece que me hayáis salvado de nuevo. Sois mi ángel de la guarda —dijo la joven.

—El único ángel que hay aquí sois vos —dijo el joven.

Los dos se miraron por unos segundos, después ella pegó su cara al pecho del joven y respiró hondo. Su pesadilla se había convertido en el más agradable de los sueños y no quería despertar.

28

BUSCANDO UN CULPABLE

Santo Domingo, 13 de septiembre de 1514

—¿Quién te atacó? —preguntó Montesinos.

—No lo sé, tenía el rostro tapado —dijo la joven.

—¿Dices que se vestía como un sacerdote? —preguntó Montesinos.

—Sí, eso me pareció.

Los dos hombres se miraron sorprendidos. El ataque a María no había sido casual. Era corriente las violaciones a indias, pero dentro de un convento podía suponer un grave delito.

—¿Qué hacía allí contigo Diego de Pedrosa? —preguntó Bartolomé.

—No estaba conmigo, acudió a mi ayuda justo antes de que me . . .

—Lo que decís no tiene sentido. Un sacerdote profanando un convento, un noble rescatándoos en mitad de la noche. Todo parece fruto de un mal sueño o una hechicería —dijo Montesinos.

—Tenemos muchos enemigos y saben que María es nuestro

eslabón más débil. Lo que no entiendo es qué pretendían conseguir violándola —dijo Bartolomé.

—Esos hombres son unos salvajes, son capaces de cualquier cosa para mantener sus privilegios —dijo Montesinos.

—Aunque lo más extraño es que os salvara Diego de Pedrosa, el hijo de vuestro enemigo —comentó Bartolomé.

—Ya os comenté que Diego me ayudó durante mi cautiverio. Tal vez el hijo tenga el corazón que le falta al padre —dijo María.

—Pero, si está su hijo, Fernando de Pedrosa también estará por aquí. Estoy convencido de que él mandó el asalto —dijo Montesinos.

—Lo increíble es que su hijo lo evitara. Tenemos que cuidarnos. A partir de esta noche pediré que te acompañe en todo momento una monja. No saldréis del convento a no ser que te lo pida. No podemos arriesgarnos a que os maten —dijo Bartolomé.

—Pero, padre, no puedo estar encerrada todo el día —se quejó María, que con aquella medida veía rotas sus esperanzas de volver a ver a Diego.

—No se hable más. Aún permaneceremos unas semanas en la isla y no podemos arriesgarnos —dijo Bartolomé.

María se fue a su habitación llorando. Ya no volvería a ver a su amado nunca más. Prefería la muerte que aquel encierro, pero el destino no había jugado su última carta.

29

FERNANDO DE PEDROSA

Santo Domingo, 13 de septiembre de 1514

FERNANDO DE PEDROSA ENTRÓ EN LA residencia del virrey y admiró el lujoso salón de audiencias. Diego Colón era un hombre muy rico, el más rico de todas Las Indias, pero sobre todo mantenía el poder heredado de su padre. Fernando de Pedrosa era un pobre diablo a su lado. Capitán de su majestad, dueño de una hacienda en Cuba y poseedor de unos pocos esclavos. Después de toda una vida de servicios a la Corona, aquello eran las migajas de lo que otros habían conseguido. Narváez, Ovando o Diego Colón eran prohombres del imperio y ricos, pero Fernando estaba entre los miles de españoles que apenas habían despegado socialmente y estaban cubiertos de deudas.

El virrey entró en la sala vestido con sus mejores galas. Tenía la barba morena y un rostro juvenil. Parecía un joven hidalgo más que el señor de aquellas tierras. Ni siquiera era español, había nacido en Oporto, pero eso no importaba mucho al rey, más interesado en lo que le reportaban Las Indias que en la nobleza de sus gobernadores. ¿Qué había hecho Diego Colón para conquistar aquellas tierras? Nada, pero el rey le había concedido los títulos de su padre.

—Estimado Don Fernando de Pedrosa, me alegra veros. No recibo muchas visitas últimamente. Después de la expedición de Pedrarias no se han acercado por aquí muchos españoles nobles —dijo el virrey.

—Aquella expedición fue muy costosa y seguramente en España están todavía intentando recuperar sus maravedíes —dijo Fernando.

—No tengo muchas noticias de Pedrarias, espero que me informe de sus descubrimientos. Yo soy también el virrey de las tierras por descubrir —dijo Diego Colón.

—Lo hará. Es la ley. Por eso he venido a veros desde mi isla, para que defendáis la ley ante aquellos que quieren perturbar el orden impuesto por el rey y por Dios —dijo Fernando.

—No sé de qué me habláis.

—¿Desconocéis que está en la isla el padre Las Casas? Aquel alborotador levantó los ánimos en Cuba y pretende hacerlo también aquí.

—El bueno de Bartolomé no es tan fiero como parece. Mi esposa me ha hablado de su visita, pero es normal que los sacerdotes protejan a sus fieles, ¿no creéis?

—¿A sus fieles? Son indios, propiedades muy caras que nos hemos ganado sirviendo al rey. Cuando conquistamos estas tierras nadie se preocupó por los indios muertos. Ahora les entran remilgos a todos —dijo Fernando.

El virrey se movió inquieto en la silla. Su secretario tomaba nota de todo, pero en un momento le hizo un gesto y le pidió que se retirara. Cuando los dos hombres se quedaron solos, Diego Colón se levantó de la silla.

—Entiendo la postura del padre Las Casas, pero no puedo traer más negros a la isla. Los indios se mueren porque son débiles, tendremos que intentar repoblar las tierras con otros del continente. El rey quiere oro y no pienso defraudarle. Decidle a Velázquez que no se meta en mis asuntos. Yo sé gobernar la situación. En breve partiré para España y os aseguro que ese sacerdote no regresará jamás.

—Me satisface escuchar esas palabras —dijo Fernando de Pedrosa.

—Estas tierras nos pertenecen por mandato divino. Dios se las arrebató a estos paganos y un simple sacerdote no puede cambiar eso. Aunque os advierto que no permitiré que le asesinen en La Española. Mientras esté en esta isla, él y sus compañeros son sagrados. ¿Me entendéis? —preguntó el virrey.

—Sí, excelencia.

—Retiraos, espero que llevéis mis saludos al gobernador. Decidle que pacifique la isla lo más discretamente posible. No demos más argumentos a esos malditos dominicos. Cuando esté en España intentaré que el rey prohíba a la orden establecerse en Las Indias. En cuanto al padre Bartolomé, hay muchas formas de comprar a un hombre. Lo único que hay que encontrar es su precio —dijo el virrey.

—¿Lo encontraréis?

—No lo dude, lo encontraré —contestó el virrey sonriente.

30

SALIDA DE LA ESPAÑOLA

Santo Domingo, 19 de septiembre de 1514

BARTOLOMÉ INTENTÓ SER MÁS MODERADO A la hora de denunciar los abusos de los encomenderos. No quería traicionar la amabilidad de doña María de Toledo, pero sus palabras alarmaron a muchos. Después de la homilía fue invitado junto a su protegida a la comida oficial del virrey. Les sentaron cerca del obispo fray García Padilla. El obispo, que era franciscano, no mantenía buena relación con los dominicos y cualquier propuesta de ellos le parecía nefasta.

—Le agradezco que me haya ofrecido su púlpito —dijo Bartolomé al obispo.

—Eso es cosa de la virreina. Un favor personal. Ella ha rogado mucho al rey para la construcción de la catedral, es una de las principales benefactoras y no sé negarme a ninguna de sus peticiones —comentó el obispo.

—De todas formas, muchas gracias.

—¿Por qué tenéis tanto apego a los indios? —preguntó el obispo.

—El mismo que a los españoles. Todas son criaturas de Dios.

Cuando aquel hombre preguntó a Jesús cuál era su prójimo, nuestro Maestro le contó la historia del buen samaritano. Como sabrá, los judíos y los samaritanos no se trataban, pero Jesús puso a aquel hombre como ejemplo de prójimo. El indio es mi prójimo y debo cuidarlo —dijo el sacerdote.

—Los indios son niños, debemos protegerlos de ellos mismos. Si se movieran a sus anchas estarían todo el día holgazaneando. ¿Sabéis cuantos indios vienen a misa? Muy pocos. Son gente traicionera, inmoral y dada a la holgazanería —dijo el obispo.

—Vos lo habéis dicho: Hay que tratarles como a niños. ¿Se mata a los niños, se les deja morir de hambre o revienta a trabajar, se les viola o mutila? No, más bien se les cuida para que lleguen a la madurez. Eso es lo que pido —dijo el sacerdote.

—Nunca dejarán de ser niños —refunfuñó el obispo.

Bartolomé se volvió hacia su protegida y le preguntó:

—¿Quiénes son los patriarcas?

—Abraham, Isaac, Jacob y José —dijo la joven.

—¿En qué partes se dividen las Sagradas Escrituras?

—Antiguo y Nuevo Testamento.

—¿Quién escribió la Ciudad de Dios? —preguntó de nuevo el sacerdote.

—San Agustín.

A medida que Bartolomé le hacía preguntas, la mesa comenzaba a guardar silencio para escuchar las respuestas. Todos estaban sorprendidos de la inteligencia de la india.

—Necedades. Los loros también pueden repetir cosas, pero eso no demuestra su inteligencia —dijo el obispo.

—¿Cuánto son 100 más 1.000?

—1.100.

—Multiplícalo por dos

—2.200.

—¿Cuáles son los cuatro elementos?

—Tierra, agua, fuego y aire . . .

Doña María de Toledo comenzó a aplaudir y todos imitaron su ejemplo. Después, entre sonrisas, comentó:

—Si dejamos al padre Las Casas nuestros indios, nos los devolverá hechos unos sénecas.

—¿Quién cultivará la tierra y trabajará en las minas si todos se hacen tan sabios? —bromeó uno de los comensales.

—Tal vez los patanes como vos —contestó Bartolomé.

—Tengo sangre de cristiano viejo. No os consiento que me comparéis con una bestia —dijo el hombre poniéndose en pie.

—¿Quién fundó Roma, caballero? —preguntó Bartolomé.

El hombre le miró furioso. Los comensales se rieron a carcajadas. María se puso en pie y dijo:

—Rómulo y Remo, dos hermanos gemelos que fueron amamantados por una loba.

—Los indios son súbditos del rey, tienen sus derechos y si superan en algo a un español, nada impide que estén por encima de él —dijo Bartolomé.

El virrey se puso en pie para apaciguar los ánimos.

—A la salud del padre Las Casas y sus indios —dijo el virrey levantando su copa. Todos la levantaron y bebieron un trago de vino.

—Gracias, excelencia —contestó el sacerdote.

—Espero que dentro de poco uno de sus indios no me robe el título de virrey —bromeó Diego Colón.

—Los designios de Dios son inescrutables, excelencia —contestó Bartolomé sonriente.

PARTE 2

muerte e intriga en la corte

31

LOS HOMBRES DEL OBISPO

EL HOMBRE OBSERVÓ COMO EL SACERDOTE, el fraile y la india descendían del barco. No parecían personajes principales, más bien tenían la vulgaridad de los cientos de colonos que iban y venían de Las Indias. Tal vez, el único hecho singular era que viajaran juntos.

El sacerdote explica las cosas a la india como si ella pudiera entenderle, pensó el hombre. Ella se mostraba discreta, pero además de su belleza natural destacaba su elegancia. De no haber sido por la tez oscura y sus rasgos indios, nadie la hubiera confundido con una salvaje. A España llegaban algunas hijas ilegítimas, mestizas muy guapas, pero aquella mujer tenía algo especial. Un porte principesco. Aunque lo que más le impresionó a aquel hombre fue descubrir que no era el único que seguía a los forasteros. Otros tres hombres, dos españoles y un negro, también los seguían.

A él lo había contratado desde Las Indias un hombre muy importante. Por ahora, su misión consistía en vigilar a los tres forasteros, pero sabía que nadie se gastaba tantos maravedíes para simplemente vigilar a un sacerdote y su compañía. En cualquier momento podría llegar una orden para que los asesinara. Ese era su trabajo. Servía a reyes, nobles, obispos y villanos. Lo importante era el oro, no la nobleza de sus clientes.

Sevilla era una de las ciudades más prósperas de Europa y el oro crecía hasta entre las piedras. Por eso había abandonado su Ámsterdam natal para vivir en España. Su piel se había tostado por el clima, pero sus grandes ojos azules y su pelo rubio delataban su origen extranjero.

El hombre siguió al grupo hasta uno de los barcos que fondeaban por el Guadalquivir. El viaje por el río era mucho más corto, seguro y placentero. Tomó un pasaje y se situó muy cerca de ellos. Se tapó la cara con el sombrero y simuló dormir una siesta.

La travesía duraba casi dos días, pero normalmente era un viaje agradable, sobre todo después del verano, cuando las aguas estaban más mansas.

Cuando divisaron Sevilla, el hombre se puso de nuevo en pie, no podía perderles de vista. La ciudad no era muy grande, pero sí muy populosa, era fácil perderse por sus callejuelas. Él las conocía bien, pero no quería confiarse demasiado.

32

LLEGADA A ESPAÑA

Sevilla, 15 de julio de 1515

BARTOLOMÉ DIVISÓ LA TORRE DEL ORO desde el río y notó cómo el corazón le daba un vuelco en el pecho. Llevaba mucho tiempo alejado de su amada Sevilla. No sabía nada de su madre ni de su padre. Debían de ser muy mayores, pero tenía la esperanza de verlos con vida.

—Mirad qué bella es Sevilla —dijo el sacerdote a María.

La joven se agarró a la cubierta y respiró el aire caluroso de la tarde. En aquella ciudad se respiraba el mismo perfume que en su isla. El calor lo invadía todo, pero al mismo tiempo la gente parecía alegre y agradable.

Cuando descendieron al puerto, se cruzaron con cientos de personas que caminaban de un lado para el otro. María nunca había visto a tanta gente junta. No imaginaba que hubiera tantos españoles. Aunque su pueblo hubiera matado a los que llegaron a su isla, otros miles les hubieran seguido más tarde.

—¿Os encontráis bien? —preguntó Bartolomé.

—Sí, no me imaginaba que hubiera tanta gente.

—Bueno, Sevilla es el centro de España. Otras ciudades están menos pobladas —dijo Bartolomé.

—¿Dónde van todos? —preguntó la joven.

—La mayoría vive en torno a la actividad del puerto. Campesinos que venden sus productos, estibadores, marineros, soldados, misioneros y todo tipo de profesiones —dijo Bartolomé.

Caminaron hasta internarse dentro de la ciudad. Bartolomé estaba asombrado. En aquellos años se habían fabricado fabulosos edificios para organizar el comercio con Las Indias. La catedral estaba terminada y la Casa de Contratación ampliada.

—Ha cambiado mucho la ciudad. No parece la misma, está más bella y hermosa que nunca —dijo el sacerdote.

—A cambio de sangre y dolor —comentó Montesinos.

La riqueza de la ciudad se basaba en la explotación de los indios y aunque muchos sevillanos eran más pobres que antes, unos pocos se habían enriquecido con el comercio y la llegada de oro.

—Mañana vamos a visitar la Casa de Contratación —dijo Bartolomé.

—Podemos ir al monasterio de los dominicos —comentó Montesinos.

—Antes quiero visitar a mis padres, espero que acojan a María el tiempo que estemos en la ciudad —dijo el sacerdote.

Se dirigieron hasta Triana, el verdadero lugar de origen de Bartolomé. Era un pueblo a las afueras de la ciudad, a orillas del río Guadalquivir. El sacerdote estaba emocionado. Estaba regresando a su verdadero hogar, la ciudad que le había visto nacer. Por primera vez en mucho tiempo, se sintió en casa.

33

EL REY ENFERMA

✠

Segovia, 16 de julio de 1515

El calor era asfixiante en el castillo. Aquel majestuoso edificio le recordaba demasiado a su primera esposa, Isabel. Germana, su joven mujer, no había logrado que olvidara al amor de su juventud. Ahora se arrepentía de tantos engaños y amantes, pero la lozanía era impetuosa y él un hombre muy poderoso. Isabel había sido mucho más que una reina consorte. Ella era reina de Castilla y compartían los dos un poder inmenso. Posiblemente el más grande desde el imperio romano. Ahora que sus años comenzaban a declinar y no había conseguido tener un hijo varón con su joven esposa, Fernando intentaba poner en orden su conciencia.

—Me siento fatigado —comentó el rey a uno de sus siervos.

—Este verano está siendo muy caluroso, majestad.

—No es el calor. Me fallan las fuerzas. ¿Ha llegado noticia de mi hija Juana? ¿Se encuentran bien? —preguntó el rey.

—Está como siempre, pero no mejora en su enfermedad —contestó el secretario.

—¿Mis nietos están sanos? —preguntó el rey.

—Muy sanos. Carlos tiene ya tiene quince años y es muy inteligente, su hermano Fernando ya le veis, crece por días —dijo el secretario.

—Lamento tener que dar mi corona a alguien criado por extranjeros y que mi nieto Fernando no reciba nada —comentó el rey.

—Es la ley —dijo el secretario.

—Si por la ley fuera, ni mi esposa ni yo hubiéramos reinado nunca en Castilla y Aragón —dijo el rey.

Fernando se asomó por una de las ventanas. Los campos estaban amarillos y el calor ascendía por los muros del castillo, como si de un fuego se tratara. Respiró hondo y mandó llamar a su esposa. Germana acudió de inmediato, conocía el temperamento de su esposo. Era un hombre viejo y gruñón, que apenas le mostraba afecto y que la insultaba por su incapacidad para darle un heredero. Pero ella no tenía la culpa de que él ya hubiera superado los sesenta años y su virilidad estuviera en retroceso.

—Esposo, ¿en qué puedo serviros? —preguntó Germana.

—Tengo calor, noto cómo el corazón se me acelera. Quiero que llames a mi confesor, nunca se sabe cuándo la muerte puede venir por ti.

Germana pidió a una de sus doncellas que llamara a Don Diego de Deza, arzobispo de Sevilla y confesor del rey. El arzobispo acudió a las habitaciones del rey. El monarca se había acostado, se sentía agotado y un sudor frío recorría su frente.

—Arzobispo, me alegra que hayáis llegado a tiempo.

—No os preocupéis, majestad. Habéis hecho un gran servicio a la cristiandad, Dios nunca os desamparará.

—Pero soy un pecador, padre —dijo Fernando cuando se quedaron solos los dos hombres.

—¿Un pecador? Sois el Rey Católico.

—Engañé a mi esposa con muchas mujeres, tengo varios hijos ilegítimos. He pecado de codicia, envidia, mentira y orgullo.

—Pecados menores. El hombre es débil, pero Dios nos da la salvación a través de los sacramentos. Si confiáis en la Iglesia, no veréis el infierno. Vuestras debilidades exaltan vuestras virtudes, pues siendo débil habéis hecho grandes cosas para Dios.

—He llevado a cabo varias guerras, he traicionado a amigos, he roto mis juramentos varias veces. ¿Puede Dios atenderme así?

—Todos esos pecados fueron perdonados en su momento, pagasteis la penitencia y ahora simplemente debéis prepararos para entrar en el cielo. Confiad en la Santísima Virgen que intercede por vos y en todos los Santos que oran por vuestra alma —dijo el arzobispo.

—Confío padre, pero eso no me alivia la culpa —dijo el rey.

—La culpa es un ataque de Satanás para robaros la paz. Confiad en Dios. —Ayudadme —pidió el rey.

—Recemos —contestó el arzobispo de Sevilla.

Los dos hombres rezaron unos minutos y el rey se quedó dormido. Cuando el arzobispo salió de la cámara, Germana se acercó hasta él.

—¿Cómo le veis? —preguntó la reina.

—Le veo cansado y agotado por la vida, pero todavía fuerte. El calor le afecta y los fantasmas del pasado le asedian, pero todavía le queda vida.

—Dios os oiga —dijo Germana, lamentando para sus adentros la salud del rey. Si Fernando vivía mucho más, ella perdería la oportunidad de volver a casarse.

—Dejadle descansar. Esperemos que el calor desaparezca —comentó el arzobispo.

Germana besó el anillo del arzobispo y después se retiró a su habitación. Se tumbó en la cama e intento recordar su casa. Se sentía sola y fatigada por una vida rodeada de lujos, pero exenta de afectos. Maldijo su suerte y tomó uno de los libros de su mesa. Una historia de caballería que al menos le ayudaría a soñar con un noble caballero que la liberase de aquel dragón.

34

UNA GRAN FAMILIA

✠

La acogida de su familia no pudo ser mejor. A pesar de que su padre, Pedro, ya había muerto, su madre parecía estar sana y fuerte. Vivía de una pequeña pensión real y de la ayuda de amigos marineros, que tras su vuelta de Las Indias le daban algo de oro. Bartolomé lamentó no haberse preocupado mucho por ella los últimos años. Tras su viaje a Roma no había vuelto por la Península.

María se hospedó en casa de su madre, mientras él y el hermano Montesinos arreglaban algunos asuntos en la Casa de Contratación.

Su primera visita era a un amigo de Bartolomé, Américo Vespucio.

Américo Vespucio era el cartógrafo oficial del reino. En sus viajes por Las Indias había entablado cierta amistad con él. La influencia de Américo en la corte podía ayudarle a la hora de presentar el proyecto al rey.

Entraron en el edifico y sintieron el frescor de los techos altos y abovedados. Cuando se presentaron, uno de los guardas les llevó hasta la sala de cartografía.

La inmensa sala estaba en la planta superior. Su orientación era hacia el Oeste, con grandes ventanales que dejaban pasar la luz, pero también el calor. Américo levantó la vista del mapa que estaba dibujando. Frunció el ceño y comenzó a regañar al guarda. Las interrupciones a su trabajo eran una de las cosas que más le enfadaban, pero, al ver que se trataba de Bartolomé, su gesto cambió, para dar paso a una gran sonrisa.

—Bartolomé, no esperaba veros tan lejos de vuestra isla —dijo el hombre poniéndose en pie.

—Américo, seguís igual que siempre —dijo Bartolomé abrazando al italiano.

—Más viejo, mi caro amigo.

—Permitidme que os presente . . .

—Nos conocemos, fray Montesinos es un hombre muy famoso aquí y en el otro lado del mundo. Estuvo hace unos años en España, si no recuerdo mal —dijo Américo.

—Me temo que nos trae un problema muy parecido a aquel —comentó el monje.

—Crear un Nuevo Mundo no es sencillo. Hasta Dios desechó arcilla cuando hizo al hombre —comentó Américo.

Los tres se sentaron en torno a la amplia mesa y el italiano les ofreció agua con limón.

—Nos trae aquí una misión importante. Cada año mueren miles de indios en Las Indias. No podemos quedarnos de brazos cruzados. Dentro de poco no habrá ningún natural originario de las islas —dijo Bartolomé.

—Ya conocía la situación, aunque muchos piensan que el problema radica en las enfermedades y la fragilidad de los indios —dijo Américo.

—Más bien en la crueldad y brutalidad de nuestros compatriotas —dijo Montesinos.

—El rey aprobó unas leyes para proteger a los indios. Las Leyes de Burgos, creo que se llaman —contestó Américo.

—No han servido de mucho. Los muertos son reemplazados por caribes y negros. Lo único que importa a la corona y los gobernantes es que el oro siga llegando desde allí —dijo Bartolomé.

—¿Cómo podríamos conseguir una audiencia? —preguntó Montesinos.

Américo se quedó pensativo. Conocía los entresijos de la corte y lo difícil que era conseguir una audiencia con el rey. Además, corría el rumor de que el monarca estaba muy enfermo.

—No será fácil, el rey está enfermo y no recibe a muchas visitas —dijo Américo.

—¿Podríamos ver a su esposa? —preguntó Bartolomé.

—Germana de Foix es apenas una niña. No entiende de estos temas.

—¿Y el confesor del rey? —preguntó Bartolomé.

—Don Diego de Deza normalmente está en Sevilla, pero esta vez acompañó a su majestad. Deben de estar en Segovia o Salamanca —comentó Américo.

—Pues acudiremos allí a verlo —comentó Bartolomé.

—Espero que Dios prospere vuestra misión —dijo Américo.

—Gracias, nos va a hacer falta —dijo Montesinos.

35

ÚLTIMOS DÍAS EN SEVILLA

Sevilla, 16 de julio de 1515

CUANDO SALIERON DE LA SALA SE dirigieron al encuentro del obispo Fonseca, secretario de Indias. Los reyes habían creado la Casa de Contratación de Sevilla para gestionar el comercio con Las Indias. La institución había crecido mucho en muy pocos años. La Casa se había fundado en 1503 y se encargaba de mantener el monopolio de España sobre los territorios descubiertos. Era la encargada de aprovisionar a Las Indias, importar los productos y controlar el envío de mercancías y personas.

Cuando llegaron al despacho del obispo Fonseca, un monje les recibió.

—¿En qué puedo servirles? —preguntó el monje.

—Somos fray Antonio de Montesinos y el padre Bartolomé de las Casas. Venimos desde Las Indias con una misión especial y queremos hablar con el secretario —dijo Bartolomé.

—El obispo está muy ocupado. Si les parece bien, puedo darles audiencia dentro de un mes.

—¿Un mes? —dijo Montesinos indignado.

—Ya les he dicho que el obispo . . .

—Dentro de dos días saldremos de Sevilla. Por favor ¿puede entregar esta carta de la esposa del virrey Diego Colón al secretario? —dijo Bartolomé.

El monje tomó de mala gana el sobre lacrado y entró en el despacho del obispo. Un minuto más tarde, con el mismo gesto hosco, les comunicó que podían pasar.

El obispo no levantó la vista cuando entraron. Continuó leyendo y firmando papeles. Los dos hombres permanecieron de pie un buen rato hasta que el obispo les preguntó sin mirarles a la cara:

—¿Por qué tienen tanta prisa? Las prisas no son buenas consejeras.

—Tenéis razón, aunque hay ciertas cosas de las que depende la vida y la muerte de nuestro prójimo. No podemos dejar de auxiliar a los necesitados —dijo Montesinos.

—Esta casa tiene un orden. Si todos los que piensan que tienen algo urgente que decirme, tuvieran acceso directo, la mayor parte del trabajo no saldría adelante. De mí depende la vida de miles de españoles. Personas que esperan suministros, papeles legales y provisiones reales —dijo el obispo.

Bartolomé se acercó hasta la mesa. Los papeles ocupaban toda su superficie y muchos escritos se amontonaban a los lados de la mesa formando torres de células, peticiones y otros documentos legales.

—Gracias por recibirnos, excelencia. Nuestra causa, aunque urgente, no es nuestra. Dios nos ha traído hasta aquí para hablaros de nuestros indios.

—¿Dios? No les he recibido porque les haya traído Dios, sino por respeto a doña María de Toledo, mujer de don Diego Colón y sobrina nieta de su majestad el rey. Ahora, no pierdan más tiempo y díganme qué desean de este humilde servidor —dijo el obispo levantando la vista por primera vez.

Los dos hombres se habían imaginado aquel momento muchas veces, pero nunca de esa manera. No habían hecho un viaje tan largo para que aquel hombre les dedicara cinco minutos de su valioso tiempo.

—El exterminio de los indios en el Nuevo Mundo está convirtiéndose en una carga para nuestras conciencias. Ellos son los naturales de aquellas tierras, pero dentro de poco no quedará ningún natural de La Española o Cuba —dijo Bartolomé.

—Ese es un problema que ya estamos resolviendo. De eso mismo se quejan constantemente los encomenderos. No hay indios suficientes para todos, pero ¡qué se le va a hacer! Son gente débil y perezosa. Hemos llevado a Las Indias miles de esclavos negros y se ha permitido la captura de caribes, por ahora no podemos hacer más —comentó el obispo.

—Nosotros no venimos a defender los intereses de los encomenderos. Esos indios son personas como vos y como yo. Dios nos mandó allí con el fin de convertirlos, no de exterminarlos —dijo Montesinos.

—Nuestra nación cristiana ha sido elegida por Dios para gobernar aquellas tierras, como el pueblo de Israel lo fue para dominar la Tierra Prometida. Los paganos no merecen nuestra consideración —dijo el obispo.

—Muchos de ellos son cristianos —dijo Bartolomé.

—Razón de más. Tienen entrada asegurada en el cielo —dijo el obispo.

—Tal vez los que no la tengan sean nuestros compatriotas que maltratan, abusan y consumen a los indios —dijo Montesinos.

El obispo frunció el ceño. Comparar a un español con un indio pagano era más de lo que estaba dispuesto a soportar.

—Desde aquí nos aseguramos de que únicamente los cristianos viejos lleguen a Las Indias. Estamos enviando a nuestros mejores hombres. ¿Vos les acusáis de ser asesinos y ladrones?

—Sí —dijo Montesinos.

—Esa es una acusación muy grave —comentó el obispo.

—Traemos una relación de miles de abusos, violaciones y estafas. Algunos de ellos contra la hacienda real y esta Casa. Los indios son las principales víctimas, pero también algunos españoles —dijo Bartolomé.

—Den entrada de sus demandas por el archivo. Cuando podamos, las atenderemos. No tengo más tiempo para ustedes, si son tan amables —dijo el obispo señalándoles la puerta.

Montesinos se dirigió a la puerta totalmente ofuscado. Bartolomé permaneció delante del obispo unos segundos. Después le dijo:

—Excelencia, nos veremos en otra ocasión. No me iré de España hasta que se escuchen nuestras quejas y se ponga remedio a nuestras demandas. Mientras un indio sufra en Las Indias lucharé para que el mundo lo sepa.

El obispo le observó desafiante. Bartolomé le mantuvo la mirada, después le hizo una reverencia y se dirigió a la puerta.

Cuando los dos hombre salieron del edificio. Montesinos soltó toda su rabia.

—Esos secretarios no ven a personas, lo único que les importa es el oro. Mientras siga llegando el oro, la vida de los indios no tiene ningún valor.

—No os preocupéis.

—Son muy poderosos, el secretario de Indias está a su favor, ¿no lo habéis visto?

—Sí, pero no me preocupa —comentó Bartolomé.

—¿Y qué os preocupa? Con los gobernadores en contra, el

virrey protegiendo sus espaldas, la Iglesia mirando para otro lado, ¿qué oportunidad tenemos de cambiar las cosas?

—Tenemos al mejor de los aliados, la verdad. Dios defiende nuestra causa. Él despertó nuestra conciencia y nos ayudará en esta empresa —dijo Bartolomé.

Montesinos le miró en silencio. Nunca había visto un hombre tan valiente y decidido. Si alguien podía cambiar las cosas, era él.

36

UNA COPA DE VINO

Sevilla, 17 de julio de 1515

EL ASESINO A SUELDO RECIBIÓ UNA nota y se dirigió a una de las posadas en la zona más pobres de la ciudad. La mayoría de los encargos se los hacían allí. Esperó unos minutos hasta que su contacto entró en el salón y se sentó junto a él.

—Queremos que matéis a ella, a la india —dijo el contacto directamente.

—Eso les saldrá más caro —contestó el mercenario.

—Es un trabajo fácil, es tan solo una mujer —dijo el contacto.

—Nunca es fácil matar a nadie.

—Queremos que parezca una enfermedad, una muerte natural.

—El envenenamiento es el mejor sistema —dijo el mercenario.

—¿Cuándo lo haréis?

—En cuanto encuentre la oportunidad.

—Tenéis que eliminar a la mujer antes de que salgan de Sevilla. Es importante que muera en esta ciudad. No queremos arriesgarnos.

—Primero quiero los maravedíes, no hago ningún trabajo sin cobrar antes —comentó el mercenario.

El contacto sacó una bolsa de dinero y la depositó sobre la mesa. El mercenario abrió la bolsa, se echó las monedas en la mano y fue mordiendo una a una. Todas parecían verdaderas.

—Esa mujer está muerta. Ténganlo por seguro.

—Muy bien, espero no volver a veros. Eso significará que todo ha salido bien. No intentéis engañarnos. Si lo hacéis, el que morirá seréis vos —dijo el contacto.

—Soy un profesional, tengo una reputación y no veo qué podría impedirme hacer el trabajo —dijo el mercenario.

—Esa india y el sacerdote parecen protegidos por un halo especial —comentó el contacto.

—Cuando yo actúo, ni Dios nuestro Señor ni todos los ángeles del cielo pueden impedir que haga mi trabajo —dijo el mercenario muy serio.

El contacto se puso en pie. Había algo siniestro en aquel individuo. A pesar de su aspecto angelical, tenía la sensación de estar tratando con el mismo Diablo.

37

LA MADRE

✠

Sevilla, 17 de julio de 1515

CUANDO LLEGÓ A CASA, LA MESA estaba puesta y olía a comida. Bartolomé cerró los ojos y aspiró el aroma. Por unos instantes tuvo la sensación de que seguía viviendo con sus padres en Sevilla y que todo aquel tiempo en Las Indias había sido un sueño. Por un lado lo prefería así, tenía mucho de lo que arrepentirse y una labor ardua delante de sí.

Su madre le recibió con un abrazo. María estaba junto a ella en la gran chimenea en la que se hacían los guisos. Parecía feliz y tranquila, como si al lado de aquella anciana hubiera recuperado algo de su sosiego perdido.

—¿Qué tal estáis, María? —preguntó Bartolomé.

—Bien, padre —contestó la joven.

—Os veo feliz —comentó el sacerdote.

—No puedo negarlo, vuestra madre es una persona maravillosa y me trata como a una hija.

La madre de Bartolomé se acercó a la joven y la agarró por la cintura.

—María me ayuda en todo, tal vez Dios me envío a la vejez a la hija que nunca tuve.

Montesinos se sentó a la mesa y todos le imitaron. Después de servir la comida, la conversación se dirigió a las últimas charlas que los religiosos habían mantenido en la Casa de Contratación.

—No parece que este negocio nos vaya a resultar sencillo, pero debemos tener fe. Siempre la obra de Dios ha tenido enemigos —dijo Montesinos.

—Estoy convencido de que el rey nos apoyará en cuanto conozca la situación real de los indios —comentó Bartolomé.

—Estoy impaciente por hablar con él —dijo María.

—No estamos seguros de que él hable contigo, puede que nombre a algunos consejeros para que hagan ese trabajo —dijo Bartolomé.

—¿Por qué? ¿No dice que es mi rey? Tendrá que escuchar mis quejas —comentó María.

—No es tan sencillo, aunque nosotros haremos todo lo posible —dijo Montesinos.

—El rey está muy ocupado, mi niña —dijo la madre de Bartolomé.

La joven parecía decepcionada. Había hecho un viaje muy largo para hablar con el rey. Echaba de menos a su padre, su isla y todo lo que había dejado atrás. A veces se sentía incómoda en aquella situación, hablando un idioma extraño y vestida como una española.

—Mañana partiremos hacia el norte. Creemos que el rey está en Segovia, aunque es difícil adivinar donde se encuentra, viaja constantemente —dijo Bartolomé

—Os prepararé algo de comida para el viaje —dijo la mujer.

—No os preocupéis, madre —dijo Bartolomé.

—Por esos caminos no se come bien —dijo la mujer.

—Esta noche iremos a la casa de don Fadrique Enríquez de Ribera, marqués de Tarifa. Él puede ayudarnos, es amigo del rey y uno de los hombres más importantes del reino —dijo Bartolomé.

38

LA CASA DE PILATOS

Sevilla, 17 de julio de 1515

EL SUNTUOSO PALACIO ESTABA RODEADO DE jardines. La entrada no parecía augurar tanta belleza. Como muchas casas sevillanas, el fruto se encontraba envuelto en una piel tosca y sin gracia. Lo primero que impresionaba era el patio luminoso, con aires italianos y una bellísima fuente en medio. El sonido del agua en mitad de la noche hizo que la joven se relajara. Estaba fascinada con la ciudad, nunca había visto nada tan hermoso.

Les recibieron dos criados con antorchas en las manos y les llevaron hasta un salón abierto que daba al patio. Medio centenar de personas charlaban amigablemente en pequeños corros. Había mujeres jóvenes muy bellas, caballeros y algunas damas distinguidas. Los únicos religiosos que se veían en la fiesta eran Bartolomé y Montesinos.

Cuando les vieron entrar, todos se giraron para ver a la india. María vestía con un elegante traje blanco que resaltaba su piel morena. El vestido era escotado y ceñido a la cintura, lo que realzaba su esbelta figura. Llevaba el pelo recogido y la frente descubierta, la madre de Bartolomé le había dejado un collar de perlas y unos anillos para las manos desnudas.

El señor de la casa se acercó a ellos y les dio la bienvenida.

—Es un placer verles en mi casa, sé que no son muy dados a los placeres mundanos, pero a veces los negocios de Dios se hacen en lugares insospechados —dijo el marqués.

—No siempre fui sacerdote, pero os aseguro que no echo de menos esta vida. Ya lo dice el predicador: «Vanidad de vanidades, todo es vanidad» —dijo Bartolomé.

—¿Esta es vuestra famosa india? —preguntó el marqués.

—Es la princesa María, pertenece a una de las familias más importantes de la isla de Cuba —comentó Bartolomé.

—¿Una princesa? ¡Cuánto honor teneros entre nosotros! —dijo el marqués con un tono algo burlón.

—Lo mismo digo —comentó María.

El marqués se sorprendió que la mujer hablara tan correcto español. Extendió el brazo y se la llevó, para hacer las presentaciones. Bartolomé observó cómo la joven le lanzaba una última mirada de inquietud, pero el sacerdote asintió con la cabeza.

María saludó a la flor y nata de la nobleza sevillana. Todos la trataron con respeto, pero un respeto frío y distante, como si se tratara de una flor exótica, más extraña que valiosa.

Cuando el marqués se acercó a un grupo de caballeros, a la joven le dio un vuelco el corazón.

—Caballeros, les presentó a la princesa María.

Fernando de Pedrosa se giró, tenía una copa de vino en la mano, la levantó y en tono burlón dijo:

—Nos conocemos, ¿verdad princesa? Os aseguro que no hay dama más noble en Las Indias.

María se sonrojó. Notó cómo el pulso se le aceleraba, aquel maldito bastardo les había seguido hasta España. Cuando Diego de Pedrosa se giró, la joven respiró hondo. Él también había venido para protegerla.

—Princesa —dijo Diego besándole la mano.

El simple contacto con la mano de su amado hizo que se estremeciera. Por unos momentos creyó flotar entre aquellos arcos suntuosos y volar hacia el cielo estrellado de Sevilla.

—La joven princesa tiene una importante misión que cumplir, viene en representación de su pueblo —dijo el marqués.

—Los únicos representantes de Las Indias son los elegidos por el rey de España —dijo Fernando de Pedrosa.

—Los indios también son súbditos del rey —dijo el marqués.

—Son niños que necesitan cuidados especiales —comentó Fernando de Pedrosa.

—Hay que ser como niños para entrar en el Reino de los Cielos —dijo Bartolomé uniéndose a la conversación.

Fernando de Pedrosa frunció el ceño al escuchar las palabras del sacerdote. Aquel maldito cura estaba terminando con su paciencia.

—Pero también astutos como serpientes —comentó Fernando.

—Pero mansos como palomas —le corrigió Bartolomé.

—Los indios son mentirosos, holgazanes, ladrones y traicioneros —dijo Fernando de Pedrosa.

—Acabáis de definir a toda la raza humana. Jesucristo vino a solucionar eso, pero hay muchos que se creen perfectos por el simple hecho de haber nacido en una nación cristiana. El verdadero cristianismo es hacer la voluntad de Dios —comentó Bartolomé.

—La voluntad de Dios es someter a los pueblos paganos —comentó Fernando de Pedrosa.

El marqués intentó calmar la conversación con un comentario jocoso.

—Será mejor que comamos y bebamos, pues dice que mañana

moriremos —dijo el marqués indicando el salón. Todos soltaron una carcajada y el marqués llevó del brazo a la joven india.

Bartolomé se sentó junta a María, al lado tenían al marqués, presidiendo la mesa y enfrente a Diego y Fernando de Pedrosa.

—¿Qué os ha traído por Sevilla? —preguntó el marqués a Fernando de Pedrosa.

—Negocios. Las Indias no paran de crecer y necesitamos llevar más mercancías —comentó Fernando.

—Creía que veníais apoyado por el gobernador de Cuba —comentó el marqués.

—Los intereses del rey son mis intereses —comentó Fernando.

Uno de los criados se acercó a la mesa y comenzó a servir vino. De una manera imperceptible, lanzó unos polvos blancos dentro de la copa de María, nadie se percató de ello. Después siguió sirviendo al resto de los comensales.

—Salud, caballeros y damas —dijo el marqués levantando la copa. Todos le imitaron y, tras chocar las copas, se dispusieron a beber.

39

PARTIDA

✠

MARÍA DE TOLEDO TOMÓ UN POCO de leche y se tumbó en la cama. Estaba agotada, había estado todo el día escogiendo lo que debían llevar para su viaje a España. Su esposo no se preocupaba por eso y ella tenía que llevar todo el peso del viaje. El calor al medio día era asfixiante y su pesado traje apenas le dejaba respirar. Echaba de menos a su familia, sus amigas y todo lo que había dejado en España. Aquella isla lo único que le había aportado era temor y soledad.

La mujer se quitó el vestido y procuró dormir un poco, pero su cabeza no dejaba de dar vueltas sobre el mismo asunto. ¿Podía el padre Las Casas tener razón? ¿Estaban actuando injustamente con los indios? Ella procuraba ser amable y tratar bien a sus esclavos, pero sin duda muchos españoles no actuaban así. Nunca un colono había sido acusado de matar o violar a una india, pero todos los días morían mujeres, niños y ancianos, sin que a nadie pareciera importarle.

María se levantó de la cama y se arrodilló, comenzó a rezar, pero cuanto más lo hacía más angustiada se sentía.

—Tengo que confesarme —dijo en voz alta. Se puso de nuevo el vestido y pidió a una de sus damas que la acompañara hasta la iglesia.

Mientras caminaban en medio del calor de la tarde, María de Toledo sintió que la culpa se disipaba a medida que el cansancio y las angustias del viaje dejaban de importarle.

Cuando llegó al templo y abrió los portalones, sintió el frescor de la sala en penumbra. Entró en el edificio y se acercó a uno de los confesionarios. Se puso de rodillas y con voz suave dijo:

—Padre, he pecado.

40

MUERTE O VIDA

Sevilla, 17 de julio de 1515

DIEGO GOLPEÓ CON TODAS SUS FUERZAS la copa de la joven. María notó cómo se le escurría de los dedos y caía al mantel blanco, dejando una mancha roja. La joven india miró al anfitrión asustada, pero él le dijo sonriente:

—No os preocupéis, es signo de buena suerte.

El sirviente frunció el ceño y miró al joven. Sin duda, se había percatado de su acción, era mejor que saliera de allí cuanto antes. Se acercó a la puerta, bajó a la planta inferior y abandonó discretamente la casa.

Diego apenas pudo ver el rostro del criado. Lo único que recordaba de él era su aspecto extranjero y su pelo rubio. Afortunadamente le había visto poner los polvos blancos en la copa de María. Ahora tenía dos cosas de que preocuparse. Al parecer, su padre no era el único que quería deshacerse de la joven, pero ¿quién deseaba matarla? ¿y por qué?

La única persona que podía desear su muerte era el virrey, él era uno de los que saldría más perjudicado si se quitaba la encomienda.

Además, el rey estaba deseando arrebatarle todos sus privilegios. Si Las Indias comenzaban a causar problemas, el rey le pediría responsabilidad al virrey y podría degradarle.

Diego intentó disimular su angustia. No podía soportar la idea de que su amada desapareciera para siempre. Aunque tuvieran que estar separados, él prefería por lo menos tenerla en sus pensamientos.

María le miró directamente a los ojos, pero enseguida se dio cuenta de que el padre de Diego la observaba.

—Querido padre Bartolomé, me pedís que os ayude a solicitar una audiencia con su majestad el rey, pero, como sabéis, está enfermo y dudo que se interese por este asunto personalmente. Deberíais hablar con el obispo Fonseca —dijo el marqués.

—Ya hemos hablado con su excelencia, pero no parece muy animado a defender a los indios —comentó Montesinos.

—El obispo Fonseca es un buen cristiano, posiblemente no entendió bien lo que pretendíais —dijo el marqués.

—Cree que exageramos y que los indios no merecen tantos miramientos —comentó Bartolomé.

María contempló el rostro carnoso del marqués e intentó convencerle con su amplia sonrisa.

—Nos han dicho que vos sois el hombre más importante del reino. El único que puede conseguir que el rey nos reciba —dijo la joven.

El marqués sonrió a la joven. Aquella muchacha tenía algo especial.

—Os prometo que haré todo lo que esté en mi mano —dijo el marqués.

—Eso es suficiente, el resto se lo dejaremos a Dios —dijo el padre Bartolomé complacido.

41

UN AMOR AL DESCUBIERTO

Sevilla, 17 de julio de 1515

Apenas habían abandonado el palacio cuando Fernando de Pedrosa se volvió a su hijo y con gesto desafiante le agarró del brazo. Diego le miró temeroso, sabía de lo que era capaz su padre y que el hecho de ser su hijo no le impediría matarlo, si creía que eso podía favorecer a sus intereses.

—¡Mal nacido! He visto cómo miras a esa zorra india. Fuiste tú el que la libraste del asesino en La Española.

—Pero, padre . . .

—No eres digno de llamarte mi hijo, hubiera preferido tener al bastardo de una ramera por heredero que a un traidor, incapaz de serle fiel a su propio padre —dijo furioso el hombre.

—Estáis equivocado. Yo os tengo en mucha estima y profundo respeto, pero no puedo colaborar en la muerte de un inocente.

—¿Un inocente? Esa india se acostó conmigo voluntariamente, pero se encaprichó de ti y yo quise evitarte la deshonra. ¿no entiendes que te está manipulando?

—Desvariáis, padre. Yo vi cómo la atabais al poste y la azotabais. No creo una palabra de lo que decís —dijo Diego.

—Ella me buscó, quería convertirse en la señora de la casa. Desde que murió tu madre estoy muy solo, pero no iba a dejar que la sustituyera una india, entonces lo intentó contigo. Cuando me di cuenta intenté persuadirla, pero ella no quiso soltar su presa y tuve que castigarla —dijo don Fernando.

Diego estaba sorprendido de la confesión de su padre. Si aquello era cierto, María no era la joven que él pensaba. Los había enfrentado a los dos y ahora pretendía quedarse con el heredero más joven.

—¿Me juráis lo que decís? —preguntó Diego.

—¿Un padre ha de jurar a un hijo? Pero si lo necesitas para escapar de las brujerías de esa mujer, te lo juro.

El joven se sentía horrorizado, su amada era una ramera disfrazada de virgen. Por su parte, sería mejor que estuviera muerta, no levantaría ni un dedo para salvarla otra vez.

42

EL ARZOBISPO DE TOLEDO

Toledo, 20 de agosto de 1515

EL VIAJE HACIA EL NORTE NO estaba siendo tan rápido como ellos habían pensado en un principio. La carta de recomendación del marqués se retrasó una semana y a pesar de tener la recomendación de Américo, Bartolomé prefirió asegurar el viaje antes de ir en busca del rey. Cuando llegaron a Toledo recibieron una nota del arzobispo de la ciudad, el propio Cisneros estaba dispuesto a recibirlos. Aquello podía favorecer su causa o destruirla. Si Cisneros estaba a su favor, el rey actuaría; de lo contrario, ya podían regresar a Las Indias.

El arzobispo era un zorro viejo, pero también justo. Una vez había favorecido la causa de los indios y era posible que lo volviera a hacer.

Bartolomé y sus compañeros se establecieron en el monasterio de dominicos de la ciudad. María fue ingresada en un convento y los tres permanecieron allí quince largos días hasta que el arzobispo pudo recibirles.

La mañana del veinte de agosto parecía fría y tormentosa para aquella época del año. El cielo estaba gris y caía una lluvia fría. Los tres se dirigieron al palacio episcopal y fueron recibidos por el secretario del arzobispo. Cuando entraron en el gran despacho, les sorprendió ver a un hombre muy viejo, vestido con un sencillo hábito de franciscano.

—Pasen. Imagino que están empapados. Mis criados han encendido la chimenea. No es usual en esta época del año, pero si no se secan pueden enfermar.

Todos se acercaron al fuego. A María, Cisneros le pareció un entrañable ancianito. Una persona inofensiva y bondadosa. En cambio, los ojos vivos del arzobispo demostraban una fuerza interior difícil de imaginar.

—De nuevo les trae a España el asunto de los indios. Ese tema quedó zanjado hace unos años, hicimos leyes más justas y prohibimos el maltrato de los indios.

—Ciertamente, excelencia —dijo Montesinos.

—No entiendo por qué montan de nuevo este alboroto. Tienen a Las Indias revueltas y esa misma confusión se está extendiendo en España —dijo Cisneros.

—El problema, excelencia, es que las leyes no han parado el maltrato, asesinato y espolio de los indios. En tres meses han muerto más de siete mil niños —dijo Bartolomé.

—No puede ser. Debe haber algún error. Nosotros no hemos recibido informes de esas muertes. Es cierto que la población en las islas ha descendido y estamos llevando esclavos negros, pero el problema es la baja fertilidad de los indios y su fragilidad a la hora de trabajar —comentó el arzobispo.

—Excelencia. Los indios están siendo sometidos a todo tipo de castigos, trabajan en exceso y apenas se les alimenta. Si a vos y a mí nos dieran ese trato, no duraríamos más que ellos —dijo Bartolomé.

Cisneros escudriñó los ojos del sacerdote, que le mantuvo la mirada.

—¿Me estáis comparando con un indio, padre?

—No, excelencia. Vuestro cargo os honra, pero, sin duda, como humanos, no resistiríamos esas condiciones de trabajo —dijo Bartolomé.

—Excelencia —dijo tímidamente María.

Todos la miraron y Bartolomé le hizo un gesto para que se callara. Una mujer no podía dirigirse directamente a un padre de la Iglesia.

—Decidme —le invitó el arzobispo a hablar.

—Comentáis que Dios envió a los españoles para salvarnos, pero tantos mueren sin bautismo y sin esperanza que lo que están haciendo los españoles es llenar el infierno de indios —dijo la joven.

Cisneros sonrió y, poniéndose en pie, se acercó a la joven.

—¿Quién sois vos?

—La princesa Yoloxochitl, hija del cacique Carib, hija de Dios con el nombre de María.

El arzobispo se quedó sorprendido de la facilidad de palabra de la joven.

—¿Sois cristiana?

—Sí, excelencia —contestó la joven.

—Muy bien. ¿Pensáis que vuestro pueblo desea convertirse?

—El ejemplo que nos dan los españoles nos aleja de Dios. Yo misma fui reacia mucho tiempo, pero el padre Bartolomé me mostró el amor de Dios. Él lucha por los indios, que son su prójimo. Eso es lo que deben hacer los cristianos.

—Habláis con conocimiento. ¿Quién os enseñó?

—Sé leer y escribir, me enseñaron en La Española, también he leído algunos de los libros de los padres de la Iglesia y la Biblia.

—Increíble —dijo el arzobispo.

—Los indios no somos animales, excelencia. Somos como los castellanos, aunque nuestra piel sea más oscura o nuestros rasgos más marcados —dijo la mujer.

—Estimado Bartolomé, ¿podéis hacer esto con todos los indios? —preguntó el arzobispo.

—Sí, excelencia —dijo el sacerdote.

—Entonces podéis contar con mi apoyo.

—Gracias, excelencia —contestó Bartolomé sonriente.

El arzobispo volvió a sentarse en la silla. Se quedó unos minutos en silencio y después les dijo:

—Será mejor que yo prepare el encuentro con el rey. Está muy enfermo y no recibe a mucha gente. Sin duda, Dios está con ustedes. Nadie podría acercarse al rey en este momento, pero ya tienen la recomendación del mejor navegante de todos los tiempos, el noble más apreciado del rey y este humilde franciscano.

—Os prometo que no os arrepentiréis —dijo Montesinos.

—Seguro que sí lo haré. En Las Indias tenemos muchas esperanzas, de allí llegan la mayoría de nuestros recursos, pero Dios no puede prosperar un imperio basado en la muerte y en la sangre.

—Que Dios os bendiga —dijo María besándole la mano.

—Estimada princesa, puede que hoy hayáis salvado a vuestro pueblo, como hizo Ester con los judíos.

43

LLEGADA DE MARÍA DE TOLEDO

Sevilla, 25 de agosto de 1515

MARÍA DE TOLEDO Y DIEGO COLÓN se instalaron en un pequeño palacio. Aquella humilde casa muy poco tenía que ver con su gran residencia de La Española. Las comodidades de ser virreyes y estar rodeados de lujos y atenciones no parecían una cosa importante hasta que se perdía. María tenía cuatro hijos y otro venía en camino. Era tan fértil como su madre, pero a diferencia de ella, no le gustaban los niños. En cuanto nacían los entregaba al ama de cría y apenas los veía por las noches antes de dormir.

La virreina se esforzó por acomodar el palacio a su gusto, allí recibirían a la alta sociedad sevillana y era la imagen que tenían que reflejar, para que la gente reconociera en Diego Colón al legítimo sucesor de su padre Cristóbal.

—Querida, nuestros fondos son escasos y no podemos contratar a más servicio —dijo Diego cuando su mujer se acercó al despacho para pedirle una bolsa de monedas.

—Si quieres ser un virrey, debes parecerlo. La sociedad sevillana el único idioma que entiende es el del lujo.

—Soy virrey porque me ha nombrado su majestad —dijo Diego.

—Sois virrey porque podéis serlo. Si no lo parecéis, perderéis el título y la fama —comentó María.

—Yo no me he criado en la corte como vos, pero mi padre . . .

—Vuestro padre era un necio. Se creó muchos enemigos y se puso en contra a los reyes, lo único que os ha salvado del fracaso ha sido casaros conmigo, pero yo no puedo ayudaros si no os ayudáis vos primero —dijo María de Toledo.

Diego frunció el ceño, su esposa podía ser muy cruel si se lo proponía. Siempre daba una imagen de fragilidad y bondad que no se correspondía con su corazón duro y su desmedida ambición. A pesar de todo, sabía que ella tenía razón. En España tenías que aparentar lo que no eras, para poder llegar a serlo.

—Pediremos dinero fiado, conozco en Sevilla a varios prestamistas. Eso supondrá que los próximos años tendremos que vivir muy ajustados —dijo Diego.

—No importa que toda la vida tengamos que comer lentejas, pero si no conseguimos que el rey ratifique todos tus privilegios antes de que muera, su sucesor puede quitártelos —dijo María.

—Eso nunca, mi familia tiene derechos sobre Las Indias y nadie puede . . .

—Un rey puede hacer lo que le plazca. Tenemos que conseguir la ratificación —dijo María.

—¿Sabéis algo de Bartolomé de las Casas? —preguntó su marido.

—Sí, afortunadamente, me mantiene informada. Ya os dije que era mejor que él creyera que nos tiene de su parte, esa maldita india crea expectación por donde va. Esperemos que dentro de poco no pueda molestarnos más —dijo María.

—¿Habéis mandado que la ejecuten? —preguntó su esposo.

—Tengo que estar en todo, amado esposo —se quejó María, mientras terminaba de ordenar a sus criadas que colocaran la ropa en los arcones.

44

NECESIDADES DEL REINO

✠

Toledo, 27 de agosto de 1515

BARTOLOMÉ ESTABA DESESPERADO, EL ARZOBISPO DE Toledo retrasaba la carta de recomendación alegando que el rey aún se encontraba enfermo. Aunque lo peor era que comenzaba a faltarles peculio. Durante el viaje se habían hospedado en monasterios o casas de familiares, pero el oro tenía que fluir para inclinar voluntades y ser recibido por algunos cargos importantes. El sacerdote había calculado que la estancia en España sería como mucho de tres meses, pero llevaban más de dos y aún no habían visto al rey.

—Tenemos que dejar Toledo y dirigirnos a Plasencia, no podemos esperar más —dijo Bartolomé.

—Debemos ser pacientes —contestó Montesinos, que ya había pasado por aquella situación en otra ocasión.

—¿Pacientes? Ya no nos queda oro y todavía hay que conseguir a muchos para nuestra causa.

—No os preocupéis por el oro, ¿acaso no dice Dios que suya es la plata y el oro? María de Toledo está en Sevilla, será mejor que le escribáis una carta pidiéndole ayuda —dijo Montesinos.

—La tengo informada desde nuestra partida, pero creo que es mejor no pedirle nada por ahora. Tienen que ayudarnos los hermanos de su orden —dijo Bartolomé.

—Nuestra orden está en la bancarrota, no creo que puedan prestarnos más —contestó Montesinos.

María estaba leyendo en una de las sillas cercanas. Levantó la cabeza y acercándose a ellos les dijo:

—No creo que sirva para mucho, es lo único que me queda de mi dignidad de princesa.

Puso sobre la mesa un pesado collar de oro. Los dos religiosos la miraron sorprendidos. Aquella mujer era increíble.

—Pero, María, no podemos aceptarlo, esto es parte de su dote.

—¿Mi dote? Ningún taíno se casará nunca conmigo, para ellos soy poco menos que una traidora —dijo María con tristeza.

—Cuando sepan lo que vos estáis haciendo por ellos, os convertirán en su reina —contestó Bartolomé.

María se apartó de los dos hombres, dejó el libro sobre la mesa y se dirigió hacia el jardín. Llevaba semanas sin ver a Diego ni tener noticias suyas. ¿Se encontraría bien? Su padre era capaz de hacerle cualquier cosa si se enterara de su amor. Intentó rezar en voz baja, pero enseguida notó cómo sus ojos se cubrían de lágrimas. Se sentía tan sola. Su vida no tenía sentido sin Diego, aunque sabía que su amor era imposible.

45

SUSPIROS

Toledo, 27 de agosto de 1515

DIEGO LA OBSERVABA DESDE UNA DE las tapias. A pesar de haber prometido a su padre que nunca más se acercaría a ella, no podía olvidarla. Nunca había sentido nada parecido por una mujer.

María paseaba por el huerto a última hora de la tarde. El calor de los últimos días había cesado y por las noches refrescaba. Siempre llevaba en la mano un libro o un abanico, o se ponía a tejer debajo de la sombra de un árbol.

Llevaba siempre recogido su hermoso pelo negro, lo que resaltaba aún más sus grandes ojos y sus pómulos salientes. En muchas ocasiones había imaginado cómo sería besarla, apretar su mano o simplemente pasear junta a ella por las calles de la ciudad, pero hubiera sido un escándalo. En Las Indias eran normales los matrimonios con indígenas, pero en España no estaban bien vistos, sobre todo si el hombre era noble o caballero.

Su padre le había dicho que María le había hechizado, y no le faltaba razón. Las indias conocían brebajes que podían volver loco a un hombre. Además, ella le había mentido. Su padre no era culpable de nada, simplemente de ser demasiado débil para resistirse a sus engaños de mujer.

Mientras la observaba, pensó que lo mejor sería dedicar el resto de su vida a la religión. No sentía una profunda vocación, pero servir a Dios era mucho mejor que servir al diablo. A pesar de todo, algo en su interior le decía que todo era mentira, que María era incapaz de mentirle, pero debía creer a su padre. Se lo había jurado ante Dios.

La joven se levantó del banco y miró hacia el cielo, por unos instantes Diego pensó que le había visto, pero no. Los ojos de María se centraron en las nubes que comenzaban a cubrir el cielo. Unas gotas frías le cayeron sobre el rostro y la joven corrió a refugiarse. Diego la siguió con la vista. Ese suplicio ya no duraría mucho. En las últimas semanas había sido imposible acceder hasta la muchacha, pero, en cuanto abandonaran la ciudad, su padre se encargaría de ella. Él prefería no saber cómo iban a matarla. La sola idea de verla sufrir le roía por dentro. Pero, ¿qué era más importante, salvar a una india o salvar un reino?

46

VIAJE PELIGROSO

✠

TRAS RECIBIR LA CARTA DE RECOMENDACIÓN del cardenal Cisneros, Bartolomé y sus amigos se dirigieron hasta Plasencia, allí se encontraba el rey y su corte. Parecía que su viaje llegaba a su fin. Todos se sentían nerviosos ante la audiencia real, sin duda el rey Fernando sabría ser magnánimo con los indios y concederles sus peticiones, pensaban los tres.

El camino a Plasencia no era muy largo. Podían hacer noche en Puebla de Montalbán, y luego podrían dirigirse a Talavera de la Reina, Oropesa y Navalmoral. Desde allí estarían a una jornada de la ciudad.

En contra de lo que les habían recomendado habían salido solos, los caminos eran peligrosos y muchos viajeros viajaban en grupo o se juntaban a arrieros que caminaban de un lado para otro transportando mercancías, pero Bartolomé no quería perder ni un momento más. En tres días estaría en presencia del rey.

La primera jornada fue sin incidentes, descansaron en una

posada situada a las afueras de Puebla de Montalbán. Durmieron de un tirón y continuaron camino.

El paisaje era siempre igual, tierras de cereal, vestidas de un amarillo intenso, casi blanco. Ya habían recogido las cosechas, pero la paja se acumulaba en los campos para alimentar a los animales. No se cruzaban a mucha gente en el camino, la soledad de aquellas tierras era tremenda. Afortunadamente, el terreno era muy llano y podía verse a gran distancia.

Después de atravesar otro de los pueblos cercanos, Bartolomé se dio cuenta de que alguien les seguía. Ellos viajaban en tres mulas, que, a pesar de caminar lento, eran los animales más resistentes y duros del reino, pero sus perseguidores venían a caballo.

—Nos siguen —dijo Bartolomé.

—¿Cómo lo sabéis? —preguntó Montesinos.

—Ese caballo blanco y el otro bermejo, estaban en la posada de Puebla de Montalbán —dijo Bartolomé.

—Puede que simplemente vayan en la misma dirección —contestó Montesinos.

—Ellos llevan caballos y no nos adelantan. Sin duda, nos están siguiendo y desde hace media hora cada vez están más cerca —dijo el sacerdote.

—¿Qué podemos hacer, padre? —preguntó María.

—Todavía estamos lejos del próximo pueblo, pero puede que si nos desviamos por el río podamos despistarles —comentó Bartolomé.

El río se encontraba a una considerable distancia, pero su ribera estaba bien sombreada y espesa. Dejaron el camino y Bartolomé azotó a su mula hasta que el animal comenzó a correr, sus amigos le imitaron y los tres llegaron en pocos minutos al río. Cuando Bartolomé miró hacia atrás vio que sus perseguidores estaban más cerca. No tardarían mucho en darles alcance.

47

QUE NO LES RECIBA EL REY

✠

Plasencia, 2 de septiembre de 1515

FERNANDO DE PEDROSA ESPERABA IMPACIENTE EN la sala junto a su hijo Diego. El obispo de Burgos les recibiría en un momento. No habían podido verle en Sevilla, pero sin él era imposible acceder al rey. Cuando el secretario les hizo pasar a la biblioteca, se quedaron sorprendidos de la cantidad de libros que había en las paredes. No era normal ver tantos volúmenes. En los últimos años, la imprenta había permitido que los libros se copiaran más rápidamente, pero todavía seguían haciéndose muchos a mano.

—Don Fernando de Pedrosa, es un placer recibir a un enviado del gobernador Velázquez.

—Excelencia —dijo don Fernando, mientras besaba la mano del obispo.

—Este debe de ser vuestro hijo —dijo el obispo.

—Mi hijo Diego, un buen soldado —dijo don Fernando orgulloso.

—¿Qué es lo que os trae por este viejo continente? —preguntó el obispo.

—Dos asuntos de extrema importancia, de que salgan adelante depende el futuro de estos reinos —dijo don Fernando.

—Vos diréis.

—Como sabrá su excelencia, las riquezas de las islas están menguando. Ya no hay tanto oro y cada vez cuesta más extraerlo. Los indios se mueren y muchos españoles andan desocupados y afanados por vivir aventuras. La situación está controlada por el momento, pero es necesario que exploremos nuevas tierras —dijo don Fernando.

—¿Nuevas tierras?

—Juan Ponce de León ha explorado otras islas y otros españoles han seguido su ejemplo. Algunos han contactado con indígenas en una especie de península. Estos indios les han hablado de un fabuloso imperio, un reino repleto de oro, en el que hay ciudades más grandes que Sevilla —dijo don Fernando.

—Eso es imposible. Hasta ahora lo único que hemos descubierto han sido pequeños poblados —dijo el obispo.

—Uno de los marineros acompañó a varios indios hasta una especie de ciudades abandonadas, tenían pirámides de piedra y eran enormes. Si hay ciudades así deshabitadas, puede que la leyenda de ese imperio también sea cierta —dijo don Fernando.

—¿Un imperio? Dios mío, eso convertiría a su majestad católica en el monarca más importante del mundo. El oro fluiría hasta España y podríamos conquistar a los reinos paganos, provocar otra cruzada . . .

El obispo parecía fuera de sí, aquello era mucho más de lo que esperaba. Él era el presidente del Consejo de Indias, su fortuna podía acrecentarse notablemente.

—¿Qué necesitáis? —preguntó el obispo.

—Con esto entramos en la segunda razón de mi viaje. El gobernador Velázquez quiere convertirse en virrey. Diego Colón es un inútil, lo único que ha hecho a favor de Las Indias ha sido traer pobreza y miseria —dijo don Fernando.

—Apunte —dijo entonces el obispo a su ayudante, Sancho de Martienzo.

—Decidme, excelencia.

—Pediremos al rey que quite a don Diego Colón sus honores y títulos, por la mala administración de Las Indias.

—La otra cosa que le suplicamos es que no permita la audiencia de Bartolomé de las Casas. Si se quita la encomienda, los españoles dejarán de ir a Las Indias y sin colonos no podemos conquistar ese fabuloso imperio —dijo don Fernando.

—Ya hablé con ese presuntuoso en Sevilla. El rey no aceptará perder todos sus ingresos por unos malditos indios, os lo aseguro —dijo el obispo.

—El sacerdote, Montesinos y una india se dirigen hacia aquí, traen cartas del arzobispo de Toledo, Américo Castro y el marqués de Tarifa —dijo don Fernando.

—Aunque le recomendara el mismísimo San Pedro —dijo el obispo Fonseca.

—Le pido discreción, excelencia. Si el virrey se entera de nuestros planes puede causarnos muchos daños en las islas —dijo don Fernando.

—El virrey está en España, le mandaré llamar y antes de que las cortes se retiren de la ciudad, pediré su cese y el nombramiento de Velázquez —dijo el obispo.

—Sois el hombre más valioso del reino —comentó don Fernando mientras se inclinaba.

—Únicamente velo por el bien del rey y sus reinos —contestó el obispo sonriente.

48

MUERTE EN EL CAMINO

BARTOLOMÉ DESCABALGÓ Y SE ESCONDIÓ JUNTO a sus amigos. Tenía un cuchillo largo, pero hacía tiempo que portaba espada. Montesinos estaba desarmado y María tenía un cuchillo corto siempre consigo.

Los extraños se acercaron hasta el borde del río, pero no les vieron. Eran tres hombres, dos de ellos morenos, mal encarados, de barba cerrada negra y ropas medio raídas; el tercero era rubio, atractivo, de porte elegante y bien vestido. Los tres hombres miraron por los arbustos, pero no les vieron. Ya iban a marcharse, cuando la mula de Bartolomé dio un rebuzno. Los tres se giraron y descabalgando se dirigieron con las espadas en la mano hacia ellos.

Bartolomé pensó que ese era el fin, pero cuando los asesinos estaban a punto de llegar hasta ellos, se escucharon unos disparos. Media docena de soldados del rey comenzaron a acercarse a toda velocidad. Los tres asesinos subieron a sus cabalgaduras y comenzaron a correr.

Cuando los soldados llegaron hasta ellos, el capitán bajó del caballo y se acercó hasta Bartolomé.

—¿Se encuentran bien?

—Gracias a Dios, han podido llegar a tiempo —comentó Montesinos.

—El arzobispo nos pidió que les escoltáramos discretamente. Ayer advertimos que esos mercenarios les seguían —comentó el capitán.

—Gracias —dijo María.

El capitán miró a los ojos de la mujer. Eran grandes y profundos.

—Es nuestro deber, señora —contestó el capitán.

—¿Nos acompañarán hasta Plasencia? —preguntó María.

—Naturalmente, para eso hemos venido. Disculpen que no me haya presentado. Mi nombre es Felipe de Hervás, capitán de los arcabuceros del rey.

—Encantado —dijo Bartolomé.

Emprendieron camino y se dirigieron hasta Talavera de la Reina. El joven capitán miraba a la india con interés. Su aspecto gentil y su cuerpo musculoso contrastaban con sus rasgos finos, sus labios gruesos y sus ojos marrones de expresión dulce.

—Esperamos que su misión no sea muy difícil —dijo Bartolomé.

—¿Saben quiénes eran esos individuos, esos mercenarios? —preguntó el capitán.

—Lo desconozco, aunque seguramente los españoles de Cuba hayan mandado a mercenarios para impedir nuestra misión —comentó Bartolomé.

—¿Colonos? —preguntó el capitán.

—Muchos temen que el éxito de nuestra empresa pueda afectar a sus intereses, por eso nos mandan todo tipo de señales para que nos detengamos, aunque la última parecía más que un aviso, nuestra sentencia de muerte —dijo Montesinos.

—¿Van a hablar con su majestad? —preguntó el capitán.

—Eso es lo que queremos, pero el rey está enfermo y apenas concede audiencias —dijo Bartolomé.

—No se preocupen, si Dios quiere que lo vean, lo verán —dijo el capitán muy seguro.

—Dios lo quiere, capitán. Él es el que nos ha traído hasta aquí.

49

DE CERCA

✠

EL MERCENARIO MIRÓ A LO LEJOS al grupo. Habían conseguido escapar otra vez y una escolta superior en número les impedía volver a intentarlo hasta que estuvieran en Plasencia. Nunca ninguna de sus presas se le había escapado dos veces. Aquella maldita india era muy escurridiza.

El holandés hizo un gesto a sus compañeros y continuaron el camino por el monte. Desde allí podían observar a sus víctimas sin ser vistos.

Cabalgaron durante todo el día y se acercaron a Talavera de la Reina cuando se hizo de noche, no quería que nadie los viera.

Mientras sus compañeros cenaban, él se cubrió el rostro y entró en la posada en la que estaban Bartolomé y sus amigos. Los vio comiendo junto al capitán. Aquel imberbe no parecía muy peligroso de cerca.

El holandés se mantuvo todo el rato en silencio, con la cara en sombra por la capucha de su capa. Después de tomar una jarra de vino se puso en pie y cruzó el salón. Miró de nuevo a sus víctimas y cruzó la mirada con María. La joven sintió un escalofrío al ver los ojos azules del extraño. El hombre aceleró el paso y abandonó el mesón.

—¿Os encontráis bien? —preguntó el capitán al ver el rostro de terror de la joven.

—Sí —dijo ella con voz temblorosa.

—Estáis pálida, como si hubierais visto un fantasma —comentó Bartolomé.

—No temo a los fantasmas, pero este parecía muy real.

El capitán se levantó de un salto y desenvainó la espada.

—¿Por dónde se ha ido? —preguntó con urgencia.

—Por allí —dijo la joven señalando con el dedo.

Cuando el capitán salió a la oscura calle, no había ni un alma. El holandés estaba escondido entre las sombras. En la oscuridad era donde se sentía realmente a gusto.

50

EL CAPITÁN FELIPE DE HERVÁS

✠

Talavera de la Reina, 3 de septiembre de 1515

SALIERON MUY TEMPRANO, ANTES DE QUE amaneciera. Querían aprovechar las horas de luz y llegar cuanto antes a Plasencia. Aquellos mercenarios eran capaces de atacarles a pesar de encontrarse en inferioridad numérica. El capitán Felipe de Hervás solía colocarse a la altura de Bartolomé, pero algunas veces se rezagaba y charlaba con María.

—Muchas veces he pensado en ir a Las Indias, en España no se gana mucho como soldado —comentó el capitán.

—Aquello no es lo que cuentan por aquí, no a todos los españoles les va bien, hay muchas guerras y violencia. No quiero desanimaros, pero no hay oro en el río ni los hombres se hacen ricos en un día —comentó María.

—No creo esas fantasías, estoy seguro de que la vida es difícil allí, como lo es aquí. Los hombres causamos problemas en todas partes, dicen que aquello es el Nuevo Mundo, pero los que van son del viejo —comentó el capitán.

—Aunque he de reconoceros que aquella es la tierra más bella del mundo —comentó María.

—¿Cómo era la vida allí antes de que llegáramos los españoles? —preguntó el capitán.

—Sería injusto que dijera que todo era maravilloso, pero yo era niña y mi vida era feliz. Los taínos no tenemos prácticamente esclavos y nuestros únicos enemigos eran los caribes —dijo María.

—¿Los caribes? —preguntó el capitán.

—Los caribes son un pueblo casi tan diabólico como los castellanos. Se comen a la gente. Antiguamente venían a nuestras costas, atrapaban a dos o tres personas, normalmente jóvenes, y tras secuestrarlos se los comían —dijo la joven.

—No puedo imaginar a gente así. De cierto, Las Indias es un mundo totalmente diferente a este —dijo admirado el capitán.

María sonrió al capitán y respiró hondo. Por unos momentos recordó a Diego, cuánto deseaba que hubiera sido él su salvador, pero aquel capitán era muy galante y la trataba como a una verdadera dama.

—Capitán, ¿falta mucho para llegar? —preguntó Bartolomé.

—En medio día estaremos en Oropesa, en dos días más llegaremos a Plasencia —contestó el capitán.

El capitán se volvió a atrasar y continuó hablando con la joven.

—¿Qué se come en aquellas tierras?

—Comemos iguanas, peces del mar, jutías y aves. Nos gusta mucho la carne, aunque es muy escasa. Hasta que los españoles trajeron los primeros cerdos, nunca habíamos visto animales tan grandes. Aunque normalmente los indios no comemos los alimentos de los españoles —dijo María.

—Es curioso, no sé ni qué son la mayoría de esos animales —dijo el capitán.

—En cambio, para mí lo nuevo es todo esto. Los castillos, las ciudades grandes, esos animales grandes con cuernos.

—Las vacas —dijo el capitán.

Los dos rieron a la vez. Los ojos de María se achinaron y se sintió feliz, después de varios meses de temores y angustias. Aquel capitán con su pelo castaño y sus ojos bondadosos, le hacía sentir muy bien.

—¿Qué más comen?

—Cultivamos la mandioca y el maíz, también nos gustan mucho los maníes, la piña, la batata —dijo la joven.

—Me gustaría probar todas esas cosas. Tienen nombres tan bellos —dijo el capitán.

Continuaron hablando todo el viaje hasta que por la tarde llegaron a Oropesa. Ya había superado la mitad del camino, pero aún no estaban fuera de peligro. Se alojaron en una posada y dos de los hombres del capitán hicieron la guardia toda la noche.

A pesar de las órdenes del capitán, Bartolomé salió muy temprano de la posada y se fue al monte. Necesitaba despejar la mente y orar unos momentos. Los acontecimientos le angustiaban y muchas veces perdía la fe en su misión. Se sentó bajo de una encina y comenzó a orar en silencio, hasta que un sentimiento de paz le invadió por completo y comenzó a rezar en voz alta.

51

INQUIETUD

✠

CUANDO MARÍA DE TOLEDO LLEGÓ CON su esposo a Toledo recibió las noticias de Cisneros con inquietud. El arzobispo tenía espías en todas partes, desconfiaba del obispo Fonseca y temía que, tras la muerte del monarca, el obispo de Burgos se hiciera con el control del reino, responsabilidad que únicamente le pertenecía a él.

El arzobispo les recibió el mismo día de su llegada. Sus espías en Plasencia le habían informado de una reunión entre Fernando de Pedrosa y el obispo. Al parecer habían hablado de explorar nuevas tierras y de la ambición del gobernador Velázquez. En cuanto Cisneros comenzó a informarles, la inquietud del matrimonio se acentuó.

—Todos creen que la muerte del rey puede ser inminente, su nieto es menor de edad y tardará un tiempo en tomar las riendas del gobierno. El obispo de Burgos y sus acólitos desbaratarían el reino y vaciarían el tesoro del rey. No pude impedir que el obispo presida el Consejo de Indias, pero todavía ejerzo cierta influencia con el rey. Partiré con ustedes, cada vez me cuesta más viajar, pero se lo debo a este reino —dijo el arzobispo.

—Venerable arzobispo, fuiste leal a mi padre y lo sois también a mí, no sé cómo agradeceros —dijo Diego Colón.

—Excelencia, cualquier cosa que podamos hacer —comentó María de Toledo.

—Este viejo está cerca de la meta, la carrera ha sido larga y difícil, pero me espera mi Señor, por él lo he hecho todo, esa es mi recompensa —comentó Cisneros.

El arzobispo siempre había sido un hombre humilde, un luchador que había fortalecido una Iglesia corrupta y carnal. Los reyes se habían apoyado en sus espaldas para reformar la Iglesia, pero también le habían utilizado en sus tramas políticas y en sus desavenencias con el Papa. Cisneros también había sido uno de los impulsores de la expulsión de los judíos y de romper los acuerdos firmados con los musulmanes granadinos.

—¿Habéis recibido al padre Bartolomé? —preguntó María.

—Sí, ¿por qué me lo preguntáis?

—La causa del padre Bartolomé es justa, pero no es el mejor momento para que hable al rey. Nuestros enemigos pueden usarlo en nuestra contra —comentó María de Toledo.

—Una causa justa es siempre justa, estimada virreina —dijo Cisneros.

—No dudo de la justicia de la causa, sino de la oportunidad del momento.

—Sé que el padre Bartolomé exagera. Sin duda, la muerte de los indios es notoria, pero no toda se debe a la maldad de nuestros compatriotas. Aun así, no podemos impedir que el rey tome postura, los indios son sus hijos —dijo Cisneros.

—Si os parece bien a vos —dijo María zanjando el tema.

Cisneros despidió a los virreyes hasta el día siguiente, se acercó a su cámara y se tumbó en la cama. Lo único que temía era morir antes que el rey. ¿Quién cuidaría de España si los dos fallecían? Intentó pensar en los viejos tiempos, cuando aquellos dos jóvenes monarcas cambiaron la Península, terminaron la reconquista y se decidieron a descubrir nuevas tierras. Cuántas cosas habían sucedido, cuántas sucederían cuando él desapareciera. Lo único que le ataba a este mundo era la curiosidad, había tanto por ver y hacer.

52

HERIDO

Oropesa, 4 de septiembre de 1515

Cuando Bartolomé regresaba a la posada notó que tenía alguien detrás. Se le había ido la noción del tiempo y el sol ya estaba en lo alto de las montañas. Aceleró el paso y escuchó las pisadas detrás. Se le aceleró el corazón, ya veía las primeras casas, pero no había nadie por los alrededores.

Miró hacia atrás y vio a dos de los mercenarios del río. Comenzó a correr, pero el hábito le molestaba para ir más deprisa. Comenzó a fatigarse, pero continuó su marcha. Entonces notó cómo una mano se posaba sobre sus hombros, después un cuchillo resplandeció.

—Dios mío —dijo entre jadeos.

El capitán se lanzó sobre los dos mercenarios y Bartolomé logró escapar. Los dos hombres sacaron sus espadas, pero el joven fue más rápido y consiguió que retrocediesen. Después dio una estocada a uno de ellos en el brazo y soltó el arma. Mientras uno de los hombres huía herido, el otro se le encaró. Forcejearon, el capitán no podía luchar con el mercenario tan cerca. Al final logró apartarlo con el brazo y lanzarle una estocada.

Mientras el capitán seguía luchando, no escuchó los pasos detrás de su espalda. El holandés se acercó con sigilo y disparó su arcabuz. Le alcanzó en la espalda y el joven se desplomó al suelo.

—Maldición —gritó el capitán.

Justo cuando el holandés estaba a punto de rematar al joven, tres de los soldados acudieron a su ayuda. El mercenario escapó mientras el capitán se retorcía de dolor en el suelo.

Sus hombres le pusieron en pie y le llevaron hasta la posada. Le tumbaron sobre una de las mesas y examinaron su espalda. Tenía restos de plomo.

—Será mejor que tome un poco de vino —dijo uno de sus hombres.

Iban a extraerle la bola de plomo. El capitán bebió de la botella, mientras el vino le corría por la camisa blanca.

María se acercó hasta el herido y le dio la mano. El joven la miró y comenzó a tranquilizarse. Era la primera vez que sufría una herida de arcabuz, pero ahora que ella estaba junto a él, no tenía nada que temer.

53

RECUPERACIÓN

Oropesa, 5 de septiembre de 1515

María pasó toda la noche junto al capitán Felipe de Hervás. La bala le había hecho perder mucha sangre, pero no había tenido fiebre y en un par de días podría cabalgar de nuevo.

Cuando el capitán se despertó a la mañana siguiente, lo primero que vio fue el rostro de la joven. Parecía preocupada y cansada, pero, cuando él abrió los ojos, le mostró su amplia sonrisa.

—Me alegra verle despierto —dijo María.

—Me duele la herida. Nunca pensé que fueran más dolorosas las heridas de armas de fuego que las cuchilladas —dijo el capitán.

—Se recuperará pronto y podrá regresar a casa con su esposa —dijo María.

—No estoy casado ni prometido —contestó el joven.

María se ruborizó. No entendía por qué había hecho esa afirmación.

—Dejaré que descanse —comentó la joven poniéndose en pie.

—No se marche, por favor. Me veló mientras dormía, como mi ángel de la guarda, pero ahora podemos hablar un poco —dijo el capitán.

—Está bien.

—¿Por qué ha venido a España?

—Me trajo el padre Bartolomé.

—Pero ¿cuál es el destino de su viaje? —preguntó el capitán.

—Que el rey haga justicia a sus súbditos indios.

El capitán se quedó pensativo. No parecía que una mujer tan bella y frágil pudiera cambiar la mente de un rey.

—Debe de ser difícil vivir alejada de vuestro pueblo —comentó el capitán.

—Echo de menos a mi padre, pero Dios me ha elegido para esta misión, tal vez sea necesario que una persona se sacrifique por todo el pueblo —comentó María.

—Es injusto. Me gustaría protegerla, no tiene por qué seguir este camino si no lo desea. Yo puedo pagar al padre Bartolomé lo que usted le deba . . .

—La deuda que tengo con el padre Bartolomé no se paga con dinero, él ha arriesgado su vida por mi pueblo y por mí —dijo María.

—Tiene derecho a ser feliz —dijo el capitán.

—Hace tiempo que renuncié a mis derechos, ahora defiendo a mi pueblo. Puede que sea un camino largo y difícil, pero lo seguiré mientas me quede aliento —dijo María con determinación.

El capitán la observó admirado. La joven emanaba una fuerza difícil de explicar, eso es lo que le había atraído de ella, pero al mismo tiempo era lo que los distanciaba.

—Será mejor que descanse, queda mucho camino y la cabalgada de mañana será dura —comentó la joven.

—Gracias, María —dijo el capitán.

—¿Por qué?

—Me habéis enseñado la importancia de entregarse a una causa, nunca olvidaré esa lección.

54

PEDIR AUDIENCIA

Plasencia, 15 de septiembre de 1515

CUANDO BARTOLOMÉ VIO LAS PUERTAS DE la ciudad sintió una mezcla de alegría y sosiego. Aquel viaje había sido largo y accidentado. Afortunadamente todos habían llegado sanos y salvos.

Se instalaron en un monasterio y descansaron la primera jornada. Se encontraban exhaustos. A la mañana siguiente, Bartolomé fue con Montesinos a pedir una reunión con el obispo Fonseca, pero después de muchas excusas, le dijeron que volviera en un par de días.

La primera semana pasó rápidamente. El obispo se negó a recibirles alegando exceso de trabajo, aunque les escribió una carta en la que les prometía recibirles lo antes posible.

Al séptimo día de estar en la ciudad, la llegada de los virreyes le animó un poco. Cisneros venía con ellos y, si alguien podía hacer valer sus derechos, era el arzobispo.

A la mañana siguiente de la llegada de Cisneros, se reunió con él en el monasterio de los franciscanos. Cisneros prefería dormir en una sencilla celda, que en el palacio episcopal, en el fondo seguía siendo el monje abnegado que había tomado los hábitos.

El arzobispo le recibió en su humilde celda, mientras firmaba unos papeles en el sencillo escritorio de madera.

—Padre Bartolomé, nos volvemos a encontrar.

—Sí, excelencia. Espero que se encuentre bien de salud —dijo Bartolomé.

—A cierta edad eso es un lujo que no nos podemos permitir, me conformo con poder levantarme cada mañana —dijo el arzobispo.

—Que Dios le conserve la vida por muchos años, para bien de este reino.

—Imagino que el obispo Fonseca no ha querido recibirle. Le seré sincero, el tiempo se agota y el rey no durará mucho. Obligaré al obispo a que le reciba —comentó Cisneros.

—¿Obligarlo? —preguntó Bartolomé.

—Hoy mismo veré al rey y presentaré el asunto delante de él, Fonseca no podrá negarse a recibiros —dijo el arzobispo.

—Muchas gracias, excelencia.

—No me las deis a mí. Dios nuestro Señor me constriñe en este tema. Espero no estar equivocándome —dijo Cisneros.

—No os equivocáis, la justicia y la verdad tienen que prevalecer —dijo Bartolomé.

—Ojalá siempre prevalecieran, ojalá.

55

CISNEROS Y EL REY

✠

Plasencia, 16 de septiembre de 1515

Cuando Cisneros vio al rey, comprendió la gravedad de su enfermedad. Su aspecto era lamentable. El rey había perdido mucho peso, tenía la tez pálida y unas grandes ojeras oscurecían sus ojos. Apenas se movía o hacía gestos, parecía agotado y siempre tenía la cabeza apoyada sobre un brazo, como si dormitara. A su lado estaba Germana de Foix, su joven esposa. Lozana y rosada como una flor, parecía que la joven estaba secando el pozo de salud de su esposo, intentando darle un heredero que no llegaba.

—Majestad —dijo el arzobispo al rey.

—Excelencia —contestó el rey en voz muy apagada.

—No quiero cansaros mucho, pero hay varios asuntos que requieren vuestra consideración —dijo Cisneros.

El rey sonrió. Fue un gesto fugaz que muchos no percibieron, como si aquel viejo amigo le hiciera recordar lo que había sido: uno de los monarcas más avanzados de su época. Su esposa y él habían cambiado la forma de hacer la guerra, de financiar una expedición, de unificar sus reinos y apoyar a los burgueses que pugnaban por superar a los nobles. Habían creado una administración eficaz y ágil, pero ahora todo eso estaba tan viejo y obsoleto como él.

El rey hizo un gesto y todos salieron de la sala. La única que permaneció en su sito fue Germana de Foix.

—Vos también, esposa —dijo el rey.

—Es mejor que ella se quede —comentó Cisneros—, puede que nos sea útil su ayuda.

Germana miró sorprendida al arzobispo, desde su llegada a la corte nadie había contado con ella para nada, como si fuera una simple paridora de un vástago real.

—Quedaros pues —dijo el rey.

—Mi señor, en primer lugar debo advertiros que andan al acecho esperando vuestra muerte, como buitres a la espera de carroña —dijo Cisneros.

—Soy consciente de ello —dijo el rey.

—Muchos se frotan las manos pensando que regirán Castilla o Aragón cuando no estéis, Dios quiera que sea dentro de mucho tiempo.

—Me queda poco tiempo. Este cansancio no es normal, otras veces he estado enfermo, incluso a las puertas de la muerte, pero ahora es distinto, ya no tengo ganas de vivir.

—Pero, majestad . . .

—No, arzobispo. No os lamentéis. He tenido una vida larga y feliz. Primero con mi Isabel, junto a ella lo conseguí todo. Ahora con Germana, que me acompaña en este duro camino hacia la muerte.

El rey parecía tan lúcido que Cisneros le miró con admiración. Así era como los valientes se enfrentaban a la muerte.

—¿Tenéis el testamento escrito? —preguntó Cisneros.

—Sí, ni mi esposa sabía hasta hoy lo que he dispuesto, pero hace meses que lo redacté —dijo el rey.

—¿Y?

—Sois un curioso, arzobispo. Siempre me gustó eso de vos, la capacidad para que las cosas sucedieran, incluso antes de tiempo. Siempre creí que la edad os haría menos impaciente, pero estaba equivocado.

Cisneros sonrió. Eran dos viejos zorros intentando marear al otro antes de rendirse.

—Ya que tenéis tanto interés os he dejado de regente de Castilla cuando yo falte . . .

El arzobispo hizo un gesto de decepción. Aquella respuesta significaba que había otro regente para Aragón, que las dos coronas se dividían en aquel momento tan delicado.

—Aragón será para mi hijo Alonso de Aragón.

Cisneros frunció el ceño. Alonso de Aragón era un hijo bastardo del rey. Aquello era inadmisible. El hijo del rey y de una catalana plebeya había sido nombrado arzobispo de Zaragoza, a pesar de su falta de vocación y su concubinato. Alonso ya tenía cuatro bastardos. Cisneros había luchado toda su vida contra esas prácticas, pero no podía hacer nada contra el hijo del rey y menos cuando este nombramiento había sido aprobado por el Papa.

—¿No os parece bien Alonso? —preguntó el rey al ver la cara del arzobispo.

—Ya sabéis mi opinión sobre estos asuntos.

—Siempre con evasivas —dijo el rey.

—Pero, ¿vuestro nieto Carlos será el heredero?

—Sí Dios no dispone otra cosa —dijo el rey mirando a Germana.

Muchos acusaban a la obsesión por tener un vástago de estar detrás de la mala salud del rey. El monarca tomaba todo tipo de afrodisíacos con el fin de tener descendencia, pero hasta ahora había sido inútil.

—El otro asunto que me preocupa es el de Las Indias —dijo Cisneros, zanjando el tema.

—¿Las Indias? ¿Qué sucede en Las Indias? —preguntó el rey.

—Se ha levantado una discusión sobre el trato dado a los indios. En los últimos años han muerto muchos naturales de las islas. Un sacerdote llamado Bartolomé de las Casas ha denunciado que la muerte de vuestros súbditos es por el maltrato que le dan los españoles.

—De ese asunto se trató hace unos años. Creo recordar que hace ahora tres años, en Burgos —dijo el rey.

—Veo que vuestra memoria no os falla. Se dictaron leyes más protectoras hacia los indios, pero al parecer no han surtido el efecto necesario.

—¿Qué quiere ese maldito cura?

—Quiere que defendáis a los indios y se dicten leyes más duras contra los que los maltraten, roben o maten, pero sería mejor que él mismo os lo explicara —dijo Cisneros.

—Como sabréis, no concedo audiencias privadas.

—Pero . . .

—Fonseca puede tratar con el cura y que después se nombre una comisión que estudie el tema —dijo el rey.

—Fonseca no está dispuesto a proteger a los indios, a él lo único que le interesa es el oro —dijo Cisneros.

—Razón de más, protegerá a esta monarquía. ¿Pensáis que todo esto se sustenta del aire? —dijo Fernando señalando el salón—. Cuando Isabel y yo llegamos a la corona, no había ni una moneda en los tesoros reales, ahora podemos afrontar guerras y otras situaciones gracias a los impuestos.

—Fonseca quiere destituirle a Diego Colón, el hijo del almirante.

—Nunca me cayó en gracia su padre y él tampoco, si está en el cargo es por mi querida María de Toledo. Es un pésimo administrador y le faltan las agallas de su padre —dijo el rey.

—Pero el avaricioso Velázquez puede rebelarse. ¿Qué sucedería si cuando . . . ?

— . . . esté muerto —dijo el rey.

—Dios no lo quiera. ¿ . . . Velázquez u otro se proclama rey de Las Indias?

—Que se mandaría una expedición y se le aplastaría. Bueno, ya hablaremos más adelante. Diego Colón está en la ciudad y le veré en breve. Ya tomaré una decisión al respecto.

Cisneros sabía que era el momento de parar. Cuando el rey se cerraba en un tema, era imposible hacerle cambiar de opinión.

—Gracias por vuestro tiempo, majestad.

—Gracias a vos por vuestros sinceros consejos y que Dios os guarde, excelencia —dijo el rey.

Justo cuando el arzobispo estaba a punto de retirarse, el rey dijo:

—Arzobispo, ¿por qué quisisteis que la reina se quedara en la conversación?

—¿No sabéis que la mejor aliada de una buena causa es una mujer? Ella os insistirá para que ayudéis a los indios. Dios ha dado una sensibilidad a las mujeres que nos ha negado a los hombres —dijo Cisneros.

—Eso es cierto, pero no creo que cambie de opinión. Cuando yo muera haced lo que os plazca —dijo el rey.

—Sabéis que lo haré, majestad.

56

UNA TENSA REUNIÓN

✠

Plasencia, 19 de septiembre de 1515

—No sé cómo lo ha conseguido, pero el rey en persona me ha pedido que os reciba —dijo el obispo Fonseca.

Bartolomé de Las Casas y Montesinos no pudieron evitar una rápida sonrisa.

—No dispongo de mucho tiempo, he leído los informes que han traído. El rey me ha pedido que le entregue un documento breve en el que se explique todo el asunto, pero antes tengo que plantearles algunas cuestiones.

—Usted dirá, excelencia.

El obispo se sentó en la silla y tomó los documentos en la mano.

—Las cifras de las víctimas no son creíbles. Según vos, ante de la llegada de nuestros barcos en la isla había tres millones de personas. Eso es imposible. Nuestros informes no cuentan más de ciento cincuenta mil —dijo el obispo.

—Esa cifra es absurda —dijo Montesinos.

—Es la de los contadores reales —contestó el obispo.

—¿Los contadores reales? —preguntó Montesinos.

—Los contadores son muy estrictos en sus cálculos, ya que de ellos dependen los impuestos a pagar —dijo el obispo.

—Sí, pero esa cifra únicamente incluiría a los que sobrevivieron a las invasiones. En las guerras se hicieron grandes matanzas, yo he sido testigo de muchas de ellas —dijo Bartolomé.

—¿Testigo? Testigo y cómplice, según tengo entendido —contestó el obispo.

—Si lo decís para ofenderme, Dios ya perdonó mis pecados, para eso murió nuestro Señor en una cruz, para que fuera liberado de mis maldades. Mi conciencia está tranquila —dijo Bartolomé.

—Sigamos. Al parecer, muchos han muerto de gripe, viruela y otras enfermedades para las que no están preparados como nosotros —dijo el obispo.

—Eso es cierto, pero los indios que quedan ya no mueren por esa causa. Lo hacen por la mala alimentación y el exceso de trabajo —dijo el sacerdote.

—Eso tendrán que demostrarlo —dijo el obispo.

—Esta es la relación de las porciones de alimentación dada a los indios y estas las jornadas de trabajo —dijo Montesinos, mientras le entregaba un documento.

—Está bien, pero creo que exageráis a la hora de describir las torturas que sufren muchos indios. ¿Quién va a creer que se los asa en parillas? —preguntó el obispo.

—Es cierto que se les ha matado de esta forma —dijo Bartolomé—. Yo fui testigo de ello y puedo traer a más personas que lo afirmen.

—Los perros que sirven para matar indios. Eso es una acusación infame. Los perros se han llevado para ayudar en la caza —dijo el obispo.

—En la caza de indios fugados. Sus amos dejan que los devoren hasta la muerte, María, la joven que nos acompaña fue víctima de esas jaurías, aún tiene las marcas de los dientes —dijo Montesinos.

—Los perros muerden a las personas, eso no prueba nada —dijo el obispo

—Yo salvé a esa joven de los perros. No podéis negar la verdad —dijo Bartolomé.

—Yo puedo negarla, si vos no podéis probarla —contestó el obispo.

Los dos hombres le miraron furioso. Cuando el obispo Fonseca terminara el informe, no se parecería nada a la realidad. Si al menos ellos hablaran directamente con el rey.

—Violaciones de reinas indias y miles de mujeres, ¿pensáis que nuestros soldados son bestias? —preguntó el obispo.

—Algunos lo parecen, excelencia, pero lo son porque saben que no sufrirán castigo. Violar a una india no es ningún delito en Las Indias, casi es una muestra de hombría —dijo Montesinos.

—Hay leyes y prohibiciones —comentó el obispo.

—Pero nadie las aplica si la víctima es una india, de ser al contrario, no se mata únicamente al violador, sino a toda su familia —dijo Montesinos.

El secretario a su lado no dejaba de tomar nota.

—Según vuestro informe, la mayoría de las guerras que los indios han hecho han sido a causa de nuestras injusticias. ¿Acaso esos indios no pecan? Los ponéis como ángeles y no como personas —dijo el obispo.

—Claro que los hay crueles y asesinos, pero la mayoría de las guerras en Cuba y La Española comenzaron por alguna afrenta a los indios. De esto hemos sido todos testigos —dijo Bartolomé.

El obispo Fonseca se puso en pie con los papeles en la mano. Los apretujó y lanzó al suelo.

—Los españoles hacen maltratos, torturas, vejaciones y

humillaciones a todos los indios. ¿No hay buenos encomenderos? ¿Todos son crueles? Vos mismo lo fuisteis hasta hace unos meses. ¿Tratabais así a los indios?

—No, excelencia —dijo Bartolomé.

—¿No cabe esperar que otros españoles actuaran como vos?

—Contados con los dedos de la mano. Por desgracia, cuando nadie teme el castigo, se convierte en un tirano —dijo Montesinos.

—¿Cuántos españoles han sido acusados de estas cosas? —preguntó Bartolomé.

—Alguno hay —dijo el obispo.

—Eso demuestra la impunidad. Vos sois el responsable de la vida de esos indios.

—Sois un necio —dijo el obispo.

—¿Necio? ¿Por decir la verdad? ¿Por aseguraros que Dios os pedirá cuentas de lo que estáis haciendo? —preguntó indignado Bartolomé.

—Sí, por luchar contra vuestro pueblo y defender a esos salvajes —dijo el obispo.

—¿Salvajes? Salvajes son los que actúan como tales y hay más españoles salvajes que indios.

—Vuestros informes son pura fantasía. Siempre hablan de indios mansos, que un puñado de españoles matan sin piedad. En este por ejemplo habláis de tres mil víctimas. ¿Acaso se ponían en fila para que los matasen? —preguntó el obispo.

—Son gente mansa, excelencia. Nosotros llegamos con caballos, perros y armas de fuego y ellos se piensan que somos dioses. Se dejan llevar por el temor y el fatalismo, apenas oponen resistencia —dijo Montesinos.

—Escribiré el informe para el rey y en unos días les recibirá, pero no pondré estas cosas disparatadas. ¿Quién puede creer estas fantasías? —preguntó el obispo.

—Nosotros decimos la verdad —dijo Bartolomé.

—Ya han cumplido con su misión, ahora dejen todo esto en manos de los hombres del rey —dijo el obispo.

Bartolomé y Montesinos salieron de la sala indignados. Aquel hombre era totalmente insensible al sufrimiento de los indios.

—Será mejor que encomendemos nuestra causa a Dios, él hará justicia —dijo Bartolomé.

—De eso estoy convencido —contestó Montesinos.

—Cuando el rey vea a María se dará cuenta de su error, de que aquellos indios pueden ser sus mejores súbditos y hacer prosperar su reinos, si trabajan para ellos y no para ese grupo de sanguinarios y holgazanes encomenderos —dijo Bartolomé.

—El rey lo entenderá. Está demasiado cerca de la muerte como para arriesgar su alma al fuego eterno —dijo Montesinos.

—Pero, si ese obispo le pone la venda, no verá nada —dijo Bartolomé.

—El arzobispo está a nuestro favor, también María de Toledo y otros muchos. No estamos solos, padre —dijo Montesinos, para animar a su amigo.

—Ya sé que no estamos solos, pero en ocasiones uno desearía que Dios fulminara a esa escoria —dijo el sacerdote.

—El mundo está en nuestras manos, gozamos de libre albedrío para bien o para mal. Somos nosotros los que guardamos este huerto, intentemos que al menos nuestra parte esté limpia y bien cultivada —dijo Montesinos mientras llegaban a su residencia.

57

MARÍA FRENTE A MARÍA

Plasencia, 20 de septiembre de 1515

Cuando la joven recibió la invitación de la virreina se puso nerviosa. Los dos encuentros que había tenido con aquella mujer le habían producido la misma inquietud, como si las sonrisas y palabras de la española no se correspondieran con su cara.

María de Toledo la esperaba en los jardines del palacete en el que residían mientras estaban en la ciudad. La casa era pequeña, pero el jardín era amplio y tenía unas hermosas vistas. Bartolomé la había acompañado hasta la puerta, la virreina había especificado que quería verla a solas.

La joven india se acercó a la mujer y le hizo una reverencia.

—Estáis más bella que cuando os conocí —dijo la mujer.

—Vos también sois muy bella —dijo la joven.

—¿Bella? Eso no importa, mi condición es lo realmente importante. En mi mano tengo los destinos de muchas personas. En estas venas —dijo la mujer enseñando sus pálidos brazos —hay sangre de reyes. No nací para reinar, es cierto, pero Dios me ha dado la dignidad que más se le parece.

—Sin duda lo merecéis —dijo la joven.

—Pero hay muchos que intrigan contra mi esposo. Él es hijo del famoso almirante Cristóbal Colón, el hombre que descubrió vuestras tierras —dijo la mujer.

—He leído sobre su viaje —comentó la joven.

—Don Diego, mi esposo, es un buen hombre, pero le falta carácter. Tal vez su padre tenía demasiado y el suyo ha quedado menguado. Algunos han acusado a mi esposo de no cuidar Las Indias, de ser un mal administrador. Lo que no comprenden en España es que ya no hay tanto oro, que cuesta mucho encontrarlo y que son demasiados los españoles que quieren repartírselo —dijo la virreina.

—Todo se acaba, señora —contestó la joven.

—Pero ahora que nuestra vida y hacienda penden de un hilo, el padre Bartolomé, al que tanto aprecio, defiende a los indios y nos pone en evidencia frente a su majestad. Lo último que necesitamos es un problema más —dijo la mujer.

María le miró extrañada, no sabía a dónde quería llegar la señora.

—Si no confesarais ante el rey y parecierais más torpe de lo que sois, el rey no actuaría contra nosotros. Os prometo que, en cuanto estemos confirmados en nuestro puesto, no permitiremos abusos a los indios y propugnaremos leyes más justas —dijo la mujer.

—¿Queréis que eche al traste el plan de mis amigos? —preguntó sorprendida la joven.

—No, simplemente que lo atraséis.

—Lo lamento, señora, pero no puedo traicionar ni a ellos ni a mi pueblo —dijo la joven.

La virreina ardía de rabia al escuchar la negativa de la india. Se acercó a ella y la aferró por el brazo.

—¡Sucia india, no os consentiré que arruinéis la vida de mi esposo y la mía! —gritó la virreina.

La joven intentó zafarse, pero la mujer la agarraba con fuerza. No quería hacerle daño, sabía que si se enfrentaba a una noble, su causa estaría perdida.

—Lo lamento señora, no puedo hacerlo.

La virreina comenzó a tirar de su cabello y la arrastró por el suelo, pero tropezó con una de las piedras del sendero y soltó a la india por unos instantes. La joven aprovechó el descuido para escapar corriendo. María de Toledo la siguió y después mandó a gritos a sus criados que atraparan a la india.

La joven se acercó al límite del jardín, delante de sus ojos se extendía un gran desnivel, pero cuando vio que los criados de la virreina se aproximaban, se lanzó al vacío. Rodó entre los árboles y los arbustos hasta llegar a la parte más baja del pequeño precipicio. Su cuerpo quedó tendido sobre el suelo, inerte, mientras desde el balcón del jardín la virreina miraba sonriente el cuerpo de su enemiga.

58

UNA REINA

✠

Plasencia, 20 de septiembre de 1515

EL REY SE RECOSTÓ SOBRE LA reina. Era lo único que le consolaba cuando se dejaba llevar por la desesperación. En los últimos meses había perdido todas sus fuerzas y apenas podía caminar o mantenerse en pie.

—Los viejos deberíamos morir antes de llegar a este lamentable estado.

—No digáis eso, esposo mío. Dios os mantiene con vida con un propósito —dijo Germana.

—¿Qué propósito? Ni siquiera puedo daros un hijo, cuando los hombres dejan de ser hombres ya no sirven para nada.

—Estad seguro de que nuestro Señor guarda una última tarea para tan alta majestad —comentó Germana.

—He procurado servir a Dios, pero sé que en muchas ocasiones hice lo que la carne me dictaba, los reyes también somos hombres —dijo el rey.

—Eso debéis olvidarlo, está perdonado y olvidado. La confesión libera al hombre de culpas —dijo la reina.

—La conciencia, en cambio, sigue aferrándose a ella —contestó el rey.

La mujer acarició el cabello encanecido del rey. No le amaba, era cierto, pero él siempre había sabido respetarla. Al final, le había tomado cariño.

—Estoy muy cansado —dijo el rey.

—¿Qué pensáis de lo que os dijo el arzobispo de Toledo? —preguntó la reina.

—Los monjes siempre están hablando de piedad, amor y compasión, pero la mayoría de ellos no rechazan las rentas que les da la encomienda o los diezmos que cobran en Las Indias —dijo el rey.

—Parece que ese padre Bartolomé es sincero y renunció a sus privilegios —dijo la reina.

—¿Quién os ha contado eso? —preguntó el rey.

—En la corte no se habla de otra cosa. Del padre Bartolomé de las Casas y la india que ha traído. Al parecer, esa mujer es muy bella e inteligente —dijo la reina.

—Ya he mandado al obispo Fonseca que haga un informe para el consejo, ¿qué más puedo hacer?

—¿A mí me lo preguntáis? Vos sois el rey —dijo la joven.

—No juguéis conmigo, alguna idea tenéis.

—Simplemente que organicéis una fiesta, permitid a Bartolomé que traiga a la joven, podremos saber más sobre el asunto y divertirnos un poco. Hace meses que no disfrutamos de nuestros privilegios.

—Me siento muy cansado, Germana —dijo el rey.

—Era una simple sugerencia —dijo la joven con un gesto de tristeza.

—Está bien, haremos algo sencillo, con pocos invitados y nos retiraremos pronto. No aguanto mucho sentado y mi apetito ha desaparecido casi por completo.

—Gracias —dijo la joven besando la mejilla del rey. Fernando sonrió por unos instantes, parecía que las fuerzas volvían a él por unos segundos. Respiró hondo y cerró los ojos para recordar, le gustaba pensar en los viejos tiempos, cuando era el rey más importante de la cristiandad.

59

EL AMOR

✠

CUANDO DIEGO OBSERVÓ CÓMO MARÍA CAÍA por el barranco, no pudo reprimir el deseo de ayudarla. Corrió desde el lado opuesto del pequeño acantilado, donde se escondía para vigilar a la joven y llegó a ella antes que nadie. Cuando observó que los criados de la virreina intentaban rodear la ladera para bajar, la tomó en brazos y la ayudó a montar en su caballo, para alejarse al galope.

Mientras entraba en la ciudad se hacía la misma pregunta sin cesar: ¿A dónde podía llevar a la joven? A casa de su padre era una locura, tampoco al convento donde residía, allí sería el primer lugar en el que la buscarían los criados de la virreina. El único lugar que conocía en la ciudad era la casa de Mateo Pérez, un judío converso que había prestado dinero a su padre, para negocios en Las Indias.

Mateo Pérez era un buen hombre, aunque muchos decían que seguía practicando la religión de sus padres, el judaísmo. La Inquisición le vigilaba de cerca, pero hasta ese momento la influencia de sus poderosos amigos le había mantenido a salvo.

Cuando Diego llamó a la puerta del converso, este tardó un rato en abrir. Era muy precavido y miraba antes por la terraza, muchos sabían que guardaba grandes sumas de dinero. Además, la Inquisición estaba detrás de él y toda precaución era poca.

Cuando Mateo vio a la joven india se preocupó, aquello solo podía ser una fuente de problemas.

—¿Quién es la dama? —preguntó preocupado el converso.

—Una amiga en peligro, sois el único que puede guardarla sin levantar sospechas —dijo Diego.

—Pero no puedo arriesgarme —se lamentó su amigo.

—Avisad a vuestro primo el médico. Alguien tiene que verla, creo que aún respira —dijo Diego.

—Pasad —dijo el converso mirando a un lado y al otro. Después cerró la puerta y se encomendó a Dios todopoderoso, para que la ruina no entrara en su casa.

60

DESAPARECIDA

✠

Plasencia, 21 de septiembre de 1515

CUANDO BARTOLOMÉ FUE AL PALACIO DE María de Toledo, para recoger a su protegida, los criados le comentaron que la joven había salido horas antes. El sacerdote se quedó extrañado, su protegida era muy prudente y conocía los peligros a los que se enfrentaba. ¿Cómo había vuelto sola a su residencia? Pero cuando realmente se preocupó fue cuando en el convento de monjas tampoco sabían nada de ella.

Bartolomé regresó a su residencia y pidió ayuda a Montesinos. Los dos buscaron por la ciudad a la joven, pero no había rastro de ella. Parecía como si se la hubiera tragado la tierra.

Después preguntaron por posadas y conventos, a los transeúntes y a los guardas de la muralla. La belleza y la piel canela de María tenían que haber llamado la atención de alguien.

Tras varias horas de búsqueda y totalmente desesperados, encontraron a un campesino que regresaba a casa después de vender sus productos en la ciudad.

—Lo único que vi fue a un hombre a caballo que llevaba

a una joven de piel morena. La mujer estaba inconsciente, entró por la parte este y se dirigió hacia el antiguo barrio judío —dijo el campesino.

—Muchas gracias por su ayuda, que Dios se lo pague —dijo Bartolomé.

Al menos sabían que la joven estaba en la ciudad, pero ¿por qué estaba inconsciente? ¿Quién era el joven que la llevaba a caballo? ¿En qué casa se encontraba? No podían llamar a la puerta de todo el antiguo barrio judío de la ciudad.

—Creo que es mejor que dejemos la búsqueda. El capitán Hervás puede ayudarnos mañana. Ahora encomendemos la suerte de María a Dios, que es el que tiene control de todas las cosas —dijo Montesinos.

Regresaron al monasterio, se refugiaron en sus celdas, pero Bartolomé no pudo dormir en toda la noche. Pasó las horas orando por su protegida. Lamentaba haberla dejado sola, haberla traído del otro lado del mundo, poniendo en peligro su vida.

61

EL MÉDICO

✠

Plasencia, 21 de septiembre de 1515

DIEGO ESPERABA IMPACIENTE FUERA DEL CUARTO, cuando el médico salió y les dijo a Mateo y a él que la joven parecía estar en buen estado.

—Entonces, ¿por qué no recupera la consciencia? —preguntó Diego.

—Se ha dado un buen golpe. Tiene magulladuras por todo el cuerpo, pero no hay huesos rotos o desencajados. El golpe en la cabeza es fuerte, pero el cráneo no está roto. Tenemos que esperar —comentó el médico.

—¿Qué puedo hacer por ella? —preguntó Diego.

—Quédese a su lado. Cuando los enfermos despiertan de un accidente así, pierden la noción de las cosas. Le dará seguridad ver a alguien querido.

El médico dejó la casa y Diego subió al cuarto. Abrió la puerta y contempló el cuerpo de María. Parecía dormida.

—No os preocupéis. Se pondrá bien —dijo Mateo.

—Eso espero. Es culpa mía que se encuentre en esa situación —dijo Diego.

—¿No dijisteis que fue un accidente? —comentó el converso.

—Sí, pero si la hubiese cuidado estaría bien.

—No os torturéis con lo que podíais haber hecho. Si la joven está con vida es por vuestra ayuda —dijo el converso.

—Gracias por todo, Mateo.

El hombre sonrió. A pesar de los peligros que implicaba ayudar a su amigo, se sentía satisfecho por haber hecho lo correcto. Estaba cansado de disimular y mentir, aunque lo hiciera por salvar su hacienda y su vida. Muchas veces había pensado en dejarlo todo e irse a Roma o Constantinopla, pero aquella era la tierra de sus antepasados y no estaba dispuesto a marcharse por el simple hecho de no ser cristiano.

Mateo dejó a solas a su amigo y Diego se sentó junto a la cama y tomó la mano de la joven. Su pecho subía y bajaba, parecía llena de paz, como si estuviera visitando ese maravilloso mundo de los sueños en el que los peligros de la vida quedan vencidos y todo es posible.

62

LA BÚSQUEDA

✠

Plasencia, 21 de septiembre de 1515

EL CAPITÁN RECIBIÓ A BARTOLOMÉ Y Montesinos a primera hora de la mañana. Los religiosos llamaron a la puerta de la posada en la que se alojaba antes de que despuntara el sol. Lo primero que pensó el joven al ver a los dos hombres solos fue que algo malo había sucedido a María.

—Capitán, tiene que ayudarnos. María ha desaparecido.

—¿Ha desaparecido?

—Sí, al parecer se marchó de la casa de María de Toledo a última hora de la tarde, un campesino la vio inconsciente sobre el caballo de un joven. Se dirigían a la judería, pero allí le hemos perdido la pista.

—Cielos, tenemos que encontrarla cuanto antes. Reuniré a mis hombres y avisaremos al arzobispo, para que se nos unan todos los hombres disponibles —dijo el capitán.

Felipe de Hervás se vistió a toda prisa y en media hora medio centenar de soldados recorrían la judería buscando a la joven.

Bartolomé se unió a la búsqueda, no quería separarse ni un

instante del capitán. Recorrieron casa por casa en busca de la joven, pero después de dos horas el resultado había sido nulo.

—Esta es una de las últimas —dijo el capitán.

Después de llamar a la puerta, se escucharon unos pasos y un hombre salió para abrir.

—Soy el capitán del rey Felipe de Hervás, estamos buscando a una joven desaparecida. ¿Cuál es su nombre?

—Me llamo Mateo Pérez. Lo lamento, pero no he visto a ninguna joven —contestó el converso nervioso.

—¿Estáis seguro? Es una joven india, tiene el pelo negro, piel oscura, ojos negros —dijo el capitán.

—No señor, no la he visto —dijo el converso, comenzando a sudar.

—Si la ve y nos avisa, recibirá una recompensa —comentó el capitán.

—Descuide, iré a avisarles.

Mateo cerró la puerta y escuchó unos pasos en la planta de arriba. Diego bajó las escaleras y se acercó a su amigo.

—¿Quiénes eran?

—Soldados del rey —dijo Mateo.

—Sin duda, la buscan para matarla. Será mejor que la mantengamos escondida hasta que nos cuente lo que sucedió —dijo Diego.

Su amigo asintió con la cabeza. Lo cierto era que la suma que ofrecían era muy jugosa, pero lo primero era la lealtad. En eso pensaba mientras se dirigía a su pequeño despacho al fondo de la casa.

63

DESPERTAR

✠

María abrió los ojos y observó el techo de vigas de madera. Después echó un vistazo a la estancia. Era pequeña, pero cómoda. Las sábanas eran de hilo y le cubría una manta de pieles, parecía la de un oso pardo. Los únicos muebles de la habitación eran la cama, un arcón y una silla. Sobre la silla había una vela apagada y a los pies de la cama una ventana.

Intentó incorporarse, pero le dolían todos los huesos. Hizo un segundo esfuerzo, se levantó de la cama y caminó a trompicones hasta la ventana. La abrió y observó la calle estrecha, un par de transeúntes y un trozo de cielo azul.

No recordaba nada. Su mente estaba confusa. Únicamente tenía la imagen de María de Toledo hablando con ella y después su mente estaba en blanco.

Miró sus ropas. Tenía puesto un camisón de seda y su ropa no se veía por ninguna parte. ¿Quién la había llevado hasta allí? ¿Dónde se encontraba?

Quiso llegar hasta la puerta, pero sus piernas flaquearon y se cayó al suelo. El ruido alertó a Mateo que trabajaba en sus cuentas. Se puso en pie y subió la escalera. Cuando abrió la puerta, encontró a la joven en el suelo. La levantó y la llevó a la cama.

—No podéis levantaros, estáis muy débil. Os traeré un caldo y un poco de vino, seguro que eso os reconforta —dijo el hombre.

—¿Dónde estoy? ¿Quién sois vos? —preguntó nerviosa la joven.

—Os trajo un amigo vuestro, está fuera, pero no tardará en regresar. Estáis en mi casa, soy Mateo Pérez.

—¿Quién me trajo?

—Será mejor que os esperéis. Ya os digo que no tardará en llegar, ahora mismo os traigo algo caliente —dijo Mateo.

Bajó las escaleras y regresó poco después con un plato de sopa y una cuchara.

La joven comió con rapidez, debía de estar desfallecida. Después bebió el vino a sorbos cortos.

Se escuchó la puerta en la planta baja y Mateo dijo:

—Debe de ser él.

El hombre se acercó a la puerta y llamó a su amigo. Se escucharon unas pisadas y, al abrirse la puerta, María se quedó muda.

—¿Estás despierta? —le preguntó Diego al entrar en la habitación.

María no podía creer lo que veían sus ojos. Su amado había regresado y estaba enfrente de ella. Sin duda, seguía soñando despierta.

64

TRAS LA BODA

✠

LA VERDADERA RAZÓN POR LA QUE los reyes habían ido a la ciudad era una boda, pero habían aprovechado el encuentro para reunir en la ciudad a las más altas personalidades de todos los reinos. El rey se sentía agotado después de la fiesta, pero se escapó un momento de la celebración para reunirse con Diego Colón, virrey de Las Indias, como había prometido a Cisneros.

Las relaciones entre ambos siempre habían sido tensas. Fernando no había tenido nada que ver con la política en Las Indias hasta la muerte de su esposa y el final de la regencia de su hija, pero la antipatía hacia Cristóbal Colón, al que el rey consideraba un arrogante, se había transmitido a su hijo, que había heredado su natural orgullo y soberbia.

—Majestad, estoy muy agradecido por vuestra generosidad, conozco el poco tiempo del que dispone.

—Pues aprovéchelo. ¿Por qué cada vez llega menos oro de Las Indias? —preguntó el rey.

Diego Colón se quedó casi sin palabras. Para nada esperaba

aquella pregunta tan directa, si al menos estuviera su esposa para ayudarle.

—El oro ha menguado, pero tenemos esperanzas. Varias expediciones se han dirigido a tierra firme y se habla de un fabuloso imperio . . .

—Sois como vuestro padre, siempre con grandes ideas en la cabeza. No quiero fantasías, virrey, quiero oro. No puedo mantener mis ejércitos, mis funcionarios o el poder de esta corona sobre nubes de humo. Si el oro deja de fluir, tendré que sustituirle —dijo el rey.

—Llegará majestad, os lo prometo.

—El otro asunto son los indios. Hace tres años hicimos varias leyes para su protección, leyes nuevas, pero me han informado que los pobres indígenas mueren por millares —dijo el rey.

—Las enfermedades, el calor y su poca fuerza son la causa.

—Tengo un informe de Fonseca. Según palabras del cura Bartolomé de las Casas, no es un simple problema de enfermedades. Quiero más control, quiero informes sobre el trato a los indios y quiero que la sangría termine. ¿Me he explicado bien?

—Sí, majestad.

—Tenéis un año para enderezar las cosas. Si no lográis sacar a Las Indias adelante, no me importa que reclaméis al Papa o al mismo Dios, perderéis todos vuestros privilegios —dijo el rey.

—Gracias, majestad.

El virrey se retiró de la reunión confundido. Por un lado había conseguido su propósito, que el rey le reafirmara en su cargo, pero por otro el plazo era demasiado corto. Aunque un año al otro lado del océano podía extenderse mucho. Las órdenes se perdían y podía pasar casi otro año hasta que alguien se diera por informado.

65

EXPLICACIONES

✠

CUANDO LOGRÓ TRANQUILIZARSE Y RECOBRAR FUERZAS, bajó hasta el pequeño salón con la ayuda de Diego. Se sentaron en la mesa y, sin soltarle la mano ella, comenzó a hacerle preguntas:

—¿Por qué estoy aquí?

—Os caísteis de una terraza del palacio de la virreina, María de Toledo. ¿No os acordáis?

—Recuerdo que fui al palacio, pero no recuerdo nada de la conversación ni por qué me caí.

—Yo observaba de lejos, pero no os distinguía bien. Daba la impresión de que huíais de algo, como si os sintierais amenazada.

—No logro recordar —dijo la joven tocándose la cabeza.

—Os despeñasteis desde una gran altura, corrí a socorreros.

—¿Por qué no me socorrieron desde el palacio?

—No confiaba en los criados de la virreina, no me dieron la impresión de que vinieran a ayudaros —dijo Diego.

—¿A qué otra cosa podían venir? —preguntó la joven.

—Bueno, vuestra vida está amenazada, como bien sabéis.

—Sí, pero María de Toledo es una de nuestras más fieles aliadas —dijo la joven, confusa.

—Diego Colón y su esposa están al borde de la ruina, el rey quiere quitarles sus privilegios, dudo que defienda una causa que puede menguar aún más las arcas de Las Indias —dijo Diego.

—Pero ella nos aseguró . . .

—María de Toledo es muy astuta. Siempre intenta estar a bien con todo el mundo, pero sabe muy bien cuáles son sus intereses.

—Me siento confundida —dijo la joven.

—Es normal, el golpe, la conmoción y toda la presión que estáis soportando —dijo Diego.

—¿Dónde habéis estado todo este tiempo? —preguntó la joven.

Diego se quedó en silencio unos instantes. No sabía cómo responder a esa pregunta.

—Después de la cena en la casa del marqués, mi padre se dio cuenta de mi amor por vos. Tuvimos una fuerte discusión y él me reveló que vos le habíais seducido —dijo Diego.

—¿Que yo le seduje? Eso sí que es una locura —dijo María indignada.

—Le creí. Me lo juró por su honor —dijo el joven.

—Vuestro padre es capaz de cualquier cosa por hacerme daño —dijo María.

—Pero lo juró.

—¿A quién creéis? —preguntó la joven alzando la barbilla.

Otro molesto silencio se apoderó de la sala, pero al final el joven acercó su cara a la de la india.

—Mi corazón me dicta una cosa, pero la cabeza me dice otra. Quiero creer a mi corazón. Os conozco y no sois capaz de tantas vilezas —dijo Diego.

María apoyó su frente sobre los labios de su amado. Cuando sintió sus labios rozando la piel, dio un fuerte suspiro. Le amaba, como nunca antes había amado a nadie.

66

EL REGRESO

Después de dos días ayunando, el padre Bartolomé se sentía muy débil. Había rogado por María de todas las formas que conocía, pero los soldados no habían dado con ella. Aun así, él confiaba en que estaba bien, Dios no había permitido que llegaran hasta ese punto, para perderlo todo de repente.

Decidió asearse un poco. Vertió agua en un lebrillo, se la echó a la cara y el frescor le devolvió de nuevo a la vida. Después se secó con una toalla y se dispuso a salir del convento. No había atravesado la puerta de su celda, cuando escuchó la voz de Montesinos.

Cuando se asomó al pasillo, vio al monje corriendo hacia él. Nunca le había notado tan nervioso, como si le siguiera el mismo diablo.

—¿Qué sucede? —preguntó Bartolomé.

—¡María!

—¿María? ¿La han encontrado?

—Sí, al parecer cayó por un terraplén y Diego de Pedrosa la rescató y la cuidó hasta hoy.

—¿Dónde está?

—En la entrada, esperándonos —dijo el monje.

Los dos corrieron hasta la salida. Bartolomé sentía el corazón a punto de estallar. Dios había escuchado sus oraciones.

La joven le esperaba junto a Diego de Pedrosa. Su cara estaba pálida y había perdido peso, pero parecía estar sana.

—María, ¿os encontráis bien? —preguntó Bartolomé.

—Sí, sobre todo gracias a don Diego —dijo la joven señalando al hombre.

—Muchas gracias don Diego —dijo Bartolomé.

—Pero ¿qué sucedió? La virreina me dijo que os marchasteis. ¿Acaso no os vio caer? —preguntó Bartolomé.

—Sí la vio caer. Yo lo contemplé todo desde la lejanía —dijo Diego.

—Entonces, ¿Por qué me mintió? —preguntó Bartolomé.

—No recuerdo nada. Debe de ser por el golpe —dijo la joven.

—Esta tarde, el rey ha pedido que vengáis a verle. Estarán presente muchos de los altos funcionarios, el arzobispo de Toledo, el obispo Fonseca y los virreyes. Dios os traído en el momento propicio —dijo Bartolomé.

—Espero que el golpe no me haya afectado —dijo la joven.

—¿Habéis olvidado algo más? —preguntó Montesinos.

—No, únicamente la conversación con la virreina.

—La memoria os volverá y recordaréis todo —dijo Bartolomé.

La joven asintió con la cabeza. Estaba muy contenta de volver a ver a sus amigos, pero no esperaba tener que hablar delante de la corte tan pronto. Apenas se había recuperado de su accidente y a veces se mareaba, como si la cabeza le diera vueltas.

—No os preocupéis. Lo único que desean es conoceros. Simplemente sed vos misma y Dios hará el resto —dijo Bartolomé.

—Eso haré, padre. Pero antes hemos de pediros un favor.

—Soy todo oídos —dijo el sacerdote.

—Necesitamos que haga algo por nosotros —dijo la joven.

—Ya os he dicho que podéis pedirme lo que os plazca.

María miró a Diego y sonrió. Él se aferró a su mano y después se dirigieron al sacerdote.

—Queremos casarnos, padre —dijo Diego.

—¿Casaros? Vuestro padre odia a María. Estuvo a punto de matarla. Nunca aceptará esta unión, os desheredará —dijo el sacerdote.

—Tiene que ser una boda secreta, después de la recepción. Lo único que necesitamos es un testigo. Fray Montesinos podría ayudarnos en eso.

—Yo estoy dispuesto —dijo el monje.

—No se hable más, pero debéis mantenerlo en secreto hasta que el rey decida algo con respecto a los indios —dijo Bartolomé.

—Esperaremos, padre. No os preocupéis.

Bartolomé vio a la pareja abrazada. Juntos simbolizaban lo que él siempre había predicado. Una sola raza, un solo pueblo en que todos fueran iguales. Sus hijos serían los verdaderos herederos del nuevo mundo, libres por fin de las cadenas de ambas culturas, construyendo algo diferente, mejor y más justo.

67

LA AUDIENCIA

Cuando María entró en la sala, todas las miradas se centraron en ella. Llevaba su mejor vestido y parecía una verdadera princesa de un país lejano. Las mujeres comenzaron a cuchichear, mientras los hombres comentaban su belleza. Bartolomé acompañó a la joven por el centro del pasillo. Caminaban como un padre y una hija el día de su boda. Se pusieron frente a los reyes e hicieron una reverencia.

—Majestad, la princesa Yoloxochitl, hija del rey Carib. Cuyo nombre cristiano es María.

—Nos han hablado mucho de vos, princesa —dijo el rey.

—Majestad —dijo la joven inclinándose de nuevo.

—No quiero que os sintáis intimidada. Hablar delante de un grupo de desconocidos siempre es incómodo. Por eso os propongo que simplemente os sentéis a nuestra mesa y compartáis nuestra cena —dijo el rey.

—Será un honor, majestad.

El rey y la reina se pusieron en pie y caminaron hasta el salón. Todos les siguieron en orden. María se sentó enfrente de la reina, a la derecha del rey, Bartolomé en el sitio al lado de María. Cisneros, el virrey y su esposa y el obispo Fonseca estaban muy próximos. Un poco más alejados, se encontraban Francisco de Pedrosa y su hijo Diego.

—El padre Bartolomé nos trae malas noticias de vuestro pueblo —dijo el rey a la joven.

—Por desgracia, cada vez quedamos menos. Somos vuestros súbditos y esperamos que el rey sepa solucionar nuestros problemas —dijo la joven.

—Los reyes no tienen todo el poder. Muchos piensan lo contrario, pero a veces no podemos cambiar todas las cosas —dijo el rey.

—Sois el hombre más poderoso de la cristiandad después de su santidad el Papa —dijo Bartolomé.

—¿Poder? Un hombre que apenas se puede tener en pie, que ya no tiene apetito y apenas duerme, no puede ser el hombre más poderoso de la cristiandad —dijo el rey.

—Vuestra palabra es poderosa. Y veo que seguís hablando con la misma gana y fuerza que en vuestra juventud —dijo Cisneros.

—Sois un adulador, arzobispo —dijo el rey.

—Entre mis muchos pecados no está el de la adulación. Lo cierto es que nunca vi hombre más firme y justo que vos —dijo Cisneros.

—Mi pueblo está en peligro, majestad. Únicamente con leyes más justas pueden sobrevivir a las penurias de estos años —dijo la joven.

—Hemos redactado leyes más justas —dijo el rey.

—Pero los crímenes quedan impunes —dijo la joven.

—¿Impunes? —dijo el virrey.

—Impunes, porque aquellas leyes no son lo suficientemente efectivas —dijo Bartolomé.

—¿Por qué decís eso? —preguntó Fonseca.

—Porque parten de la base de que los indios son inferiores a nosotros y no se pueden gobernar cristianamente sin nuestro control. Ese es su principal fallo —dijo Bartolomé.

—La realidad es que los indios no se pueden gobernar por sí mismos —dijo María de Toledo.

Bartolomé señaló a su protegida.

—Hace seis meses, María apenas sabía hablar nuestro idioma, desconocía nuestras costumbres y leyes. Ahora sabe leer, conoce el latín, nuestra historia y religión. ¿En qué es inferior a nosotros? —preguntó Bartolomé.

—Dios les hizo inferiores —dijo Fonseca molesto.

—¿Dios? En el libro de Génesis dice: «Dios creó al hombre a su imagen y semejanza, varón y hembra los creó». No dice nada de las razas —dijo Bartolomé.

—Las razas se formaron en Babel —dijo Fonseca.

—No hay más que una sangre, todos venimos de Dios y a él vamos —dijo Bartolomé.

—Esto es indignante —dijo Fonseca.

—No estamos aquí para discutir. Eso lo haremos mañana delante de vuestro informe. Hoy quería conocer a esta mujer, una bella e inteligente princesa. Ella es el reflejo vivo de que no somos tan distintos. Muchas gracias por todo, princesa —dijo el rey.

Todo el mundo miró sorprendido a la joven. El rey era una persona arisca y poco halagadora, pero sin duda la princesa india le había convencido con su discreción y sinceridad, dos de las cualidades más escasas en la corte. Cuando Bartolomé y sus amigos regresaron a sus residencias, parecía que habían ganado la primera batalla de una larga guerra, pero las cosas no iban a ser tan sencillas.

68

UNA BODA SECRETA

✠

Plasencia, 23 de septiembre de 1515

A MEDIA NOCHE SE REUNIERON EN la capilla del monasterio de los dominicos. Los únicos asistentes a la boda fueron Mateo Pérez, Montesinos, Bartolomé de las Casas y los novios.

María llevaba el mismo traje de la cena. Un vestido blanco, largo, con un gran escote. Un collar de perlas y una diadema de plata.

Los novios se acercaron al altar. Mateo acompañaba al novio y Montesinos a la novia. Bartolomé estaba vestido para la sencilla ceremonia.

—Estimados hermanos, estamos aquí para celebrar la unión de María, hija de Carib y Diego de Pedrosa. ¿Los contrayentes están aquí libremente, de mutuo acuerdo y con el consentimiento de ambos?

—Sí —contestaron.

—El amor es un vínculo sagrado con el que Dios une a los hombres. Hay muchas clases de amor, pero el del esposo hacia la esposa es el amor *eros*. Desde que se conocieron, María y Diego desearon estar unidos en santo matrimonio. Esta noche esa unión se consuma, reconocida por Dios a través de su Iglesia.

Las palabras del sacerdote retumbaban en la sala vacía.

—Tú, María, ¿quieres a Diego de Pedrosa como tu legítimo esposo y prometes amarle, honrarle y respetarle?

—Sí, prometo.

—¿Prometes estar con él en las alegrías y las penas, la salud y la enfermedad y serle fiel todos los días de tu vida?

—Lo prometo —dijo la joven.

—Diego, ¿quieres a María como tu legítima esposa y prometes amarla, honrarla y respetarla?

—Sí, prometo.

—¿Prometes estar con ella en las alegrías y las penas, la salud y la enfermedad y serle fiel todos los días de tu vida?

—Lo prometo —dijo el joven.

—¿Hay algún testigo que se oponga a la unión de este hombre y esta mujer? Que hable ahora o calle para siempre.

Bartolomé esperó unos segundos. La mitad de la capilla estaba a oscuras.

—Pues yo os declaro marido y mujer —dijo el sacerdote.

María y Diego se dieron un beso. La joven sentía como si estuviera viviendo un sueño. Aquello era demasiado hermoso para estar sucediendo de verdad.

—Felicidades —dijo Mateo al novio.

Montesinos y Bartolomé felicitaron a la novia. Todos sabían que esa boda no podía hacerse pública todavía, tenían que esperar a que su misión estuviera terminada, pero todos estaban felices por la pareja.

Los novios dejaron a sus amigos y se dirigieron a una de las posadas de la ciudad, al menos aquella noche compartirían su lecho. Tenían que consumar el matrimonio para que fuera válido. Lo que no sabían es que un testigo inesperado había observado todo desde la oscuridad. El holandés tenía una valiosa información para la virreina. A lo mejor ya no era necesario matar a la joven. Ese matrimonio secreto podía desprestigiarla y terminar con su influencia en la corte.

69

UNA ESPERA INTERMINABLE

EL REY TUVO UNA RECAÍDA TRAS los festejos. El fraile Tomás de Matienzo le confesó varias veces, por si el rey moría, pero logró recuperarse poco a poco.

Cisneros descubrió en aquellos días, al poder acceder al testamento, que el rey había delegado la corona en su nieto Fernando, que se había criado a su lado, y no en el primogénito Carlos. El Consejo Real y todos los testamentos pidieron una rectificación. Difícilmente todos apoyarían a un segundón, aunque fuera nieto del rey.

Bartolomé y sus amigos se encontraban a la espera, pero sus recursos eran muy escasos. Afortunadamente, Diego de Pedrosa les ayudaba con algunas aportaciones.

La mañana del 3 de octubre, el obispo Fonseca les convocó para una reunión el 5 del mismo mes. Podrían defender su causa ante el rey, que ya estaba informado de todo el asunto por el informe del obispo.

Pero la noticia también llegó a Fernando de Pedrosa, quien solicitó estar presente para defender los derechos de los encomenderos.

El rey accedió a su petición. Se abriría un debate en el que Bartolomé y Francisco podrían intervenir defendiendo sus ideas.

Bartolomé y Montesinos prepararon la defensa minuciosamente, mientras María aprovechaba cualquier momento libre para ver a Diego. Unas veces en casa de su amigo Mateo y otras en el campo, alejados de las miradas indiscretas de la ciudad. Parecía que todo funcionaba a la perfección y que nada podía impedir que aquella empresa llegara a buen puerto.

Sabían que el obispo Fonseca se opondría a todas sus propuestas, pero tenían a su favor al arzobispo de Toledo, que tenía mucha influencia en el rey. También la reina les había mostrado sus simpatías, y las cartas de recomendación del marqués de Tarifa y Américo Vespucio podían terminar de inclinar la balanza. Sabían que ese era únicamente el primer paso. Después se crearía una comisión para estudiar el caso más a fondo. El dictado de las leyes podía llevar más tiempo aún, pero una vez que el proceso comenzara sería mucho más difícil pararlo, aunque el propio rey falleciera antes de su conclusión.

70

EL PRIMER COMBATE

Plasencia, 5 de octubre de 1515

La audiencia era a puerta cerrada. Estarían presentes parte del Consejo del Reino, lo virreyes y algunos altos cargos de la Iglesia, pero los únicos con derecho a intervenir serían Bartolomé de las Casas y Fernando de Pedrosa. En cada intervención, dispondrían de quince minutos y un derecho a réplica. Tenían algo más de una hora para hablar del asunto y el rey tomaría una determinación en los días siguientes.

El chambelán anunció a las autoridades y después dio paso a Bartolomé para que comenzara su discurso de presentación. El sacerdote tomó sus papeles y comenzó a leer:

Todas las cosas que han acaecido en Las Indias, desde su maravilloso descubrimiento y del principio que a ellas fueron españoles para estar tiempo alguno, y después, en el proceso adelante hasta los días de agora, han sido tan admirables y tan no creíbles en todo género a quien no las vido, que parece haber añublado y puesto silencio y bastantes a poner olvido a todas cuantas por hazañosas que fuesen en los siglos pasados se vieron y oyeron en el mundo. Entre estas son las matanzas y estragos de gentes inocentes y despoblaciones de pueblos, provincias y reinos que en ella se han perpetrado, y que todas las otras no de menor espanto. Las unas y las otras refiriendo a diversas personas que no las sabían, y el obispo don fray Bartolomé de las Casas o Casaus, la vez que vino a la corte después de fraile a informar al Emperador nuestro señor (como quien todas bien visto había), y causando a los oyentes con la relación de ellas una manera de éxtasis y suspensión de ánimos, fué rogado e importunado que de estas postreras pusiese algunas con brevedad por escripto. Él lo hizo, y viendo algunos años después muchos insensibles hombres que la cobdicia y ambición ha hecho degenerar del ser hombres, y sus facinorosas obras traído en reprobado sentido, que no contentos con las traiciones y maldades que han cometido, despoblando con exquisitas especies de crueldad aquel orbe, importunaban al rey por licencia y auctoridad para tornarlas a cometer y otras peores (si peores pudiesen ser), acordó presentar esta suma, de lo que cerca de esto escribió, al Príncipe nuestro señor, para que Su Alteza fuese en que se les denegase; y parecióle cosa conveniente ponella en molde, porque Su Alteza la leyese con más facilidad. Y esta es la razón del siguiente epítome, o brevísima relación.

Muy alto e muy poderoso señor:

Como la Providencia Divina tenga ordenado en su mundo que para dirección y común utilidad del linaje humano se constituyesen, en los reinos y pueblos, reyes, como padres y pastores (según los nombra Homero), y, por consiguiente, sean los más nobles y generosos miembros de las repúblicas, ninguna dubda de la rectitud de sus ánimos reales se tiene, o con recta razón se debe tener, que si algunos defectos, nocumentos y males se padecen en ellas, no ser otra la causa sino carecer los reyes de la noticia de ellos. Los cuales, si les constasen, con sumo estudio y vigilante solercia extirparían. Esto parece haber dado a entender la divina Escriptura de los proverbios de Salomón: *Rex qui sedet in solio iudicit, dissipat omne malum intuitu suo.* Porque de la innata y natural virtud del rey, así se supone, conviene a saber, que la noticia sola del mal de su reino es bastantísima para que lo disipe, y que ni por un momento solo, en cuanto en sí fuere, lo pueda sufrir.

Considerando, pues, yo (muy poderoso señor), los males e daños, perdición e jacturas (de los cuales nunca otros iguales ni semejantes se imaginaron poderse por hombres hacer) de aquellos tantos y tan grandes e tales reinos, y, por mejor decir, de aquel vastísimo e nuevo mundo de Las Indias, concedidos y encomendados por Dios y por su Iglesia a los reyes de Castilla para que se los rigiesen e gobernasen, convirtiesen e prosperasen temporal y espiritualmente, como hombre que por cincuenta años y más de experiencia, siendo en aquellas tierras presente los he visto cometer; que, constándole a Vuestra Alteza algunas particulares hazañas de ellos, no podría contenerse de suplicar a Su Majestad con instancia importuna que no conceda ni permita las que los tiranos inventaron, prosiguieron y han cometido [que] llaman conquistas, en las cuales, si se permitiesen, han de tornarse a hacer, pues de sí mismas (hechas contra aquellas indianas gentes, pacíficas, humildes y mansas que a nadie ofenden), son inicuas, tiránicas y por toda ley natural, divina y humana, condenadas, detestadas e malditas; deliberé, por no ser reo, callando, de las perdiciones de ánimas e cuerpos infinitas que los tales perpetraran, poner en molde algunas e muy pocas que los días pasados colegí de innumerables, que con verdad podría referir, para que con más facilidad Vuestra Alteza las pueda leer.

Todos se quedaron admirados de la osadía del sacerdote, que ponía sobre los hombros del rey toda la responsabilidad sobre Las Indias. Además calificaba la conquista de injusta y acusaba a los españoles de estar cometiendo una matanza con los indígenas.

Fernando de Pedrosa se puso en pie y se acercó al rey.

—Majestad, lo que ha leído el padre Bartolomé es un insulto a vos y a todos los reinos de España. Os acusa de no atender a vuestros súbditos y de falta de sabiduría. A un comportamiento así se le llama traición.

Un murmullo se extendió por la sala. Bartolomé se puso a sudar y se alejó del rey.

—No puede negar que hay indios que han sufrido algunas injusticias, pero en general son bien tratados. No tenemos la culpa los españoles de que enfermen con tanta facilidad y que sean tan holgazanes. Los buenos vecinos de las islas proponemos mejorar el estado de los indios, aumentar su ración de comida y aligerarles un poco el trabajo, no podemos hacer más.

Bartolomé recuperó el ánimo y, señalando con el dedo, dijo:

—Mentís, no estáis aquí para defender a los indios. Vos mismo violasteis, perseguisteis y casi matáis a esta joven —dijo Bartolomé señalando a María.

La virreina se puso en pie y, pidiendo autorización para hablar, comentó:

—María es una farsante. Se nos presenta como una joven casta y pura, pero es una engañadora que con sus artes embruja a los hombres. Primero lo hizo con Fernando de Pedrosa, incitándole a la lujuria, pero, como no le parecía suficiente, embaucó a su hijo primogénito, con el que se ha casado secretamente.

Fernando de Pedrosa miró a su hijo y este agachó la cabeza. El rey se dirigió a la joven.

—¿Es eso cierto?

—Es cierto que estoy casada con Diego de Pedrosa, pero eso no es ningún delito. Nos amamos —dijo la joven a punto de llorar.

—Es una mentirosa. Acaso no dice la ley de Dios que nadie puede ver la desnudez del padre y del hijo al mismo tiempo, según la ley debería morir apedreada. Es incesto de los más terribles —dijo la virreina.

—Me violó, yo no consentí —contestó la joven.

—Mentirosa —dijo Fernando de Pedrosa.

El rey se puso rojo de ira. Miró a la joven y con tono severo le dijo:

—Sois una mentirosa. Habéis cometido un delito de los más perversos y al ser cristiana tendréis que dar cuentas a la Inquisición. ¡Detenedla!

Dos soldados la tomaron de cada brazo y se la llevaron. Diego se lanzó sobre ellos, pero su padre le detuvo.

—Ya habéis deshonrado bastante a la familia —comentó Fernando de Pedrosa.

Bartolomé se puso de rodillas ante el rey, suplicando por la vida de la joven. Mientras María de Toledo sonreía al lado de su marido.

—¿Vos sabíais lo de su casamiento? —preguntó el rey.

—Sí, majestad. Yo mismo los casé.

—No quiero ser injusto con todos mis súbditos indios por la deshonra de esta joven, os prometo que mejoraremos la vida de los indios, pero será mejor que os retiréis, antes que mi cólera se desate por completo.

Bartolomé se levantó del suelo y con su amigo Montesinos abandonó la sala. *Dios nos ha abandonado*, pensó mientras recorrían el patio en dirección a la calle. María era inocente, al menos intentaría salvarla a ella.

PARTE 3

La hija de perdición

71

UN REY MUERTO

Madrigalejo, 23 de enero de 1516

EL REY MIRÓ A SU ALREDEDOR. Aquella casa vieja y destartalada sería su última morada, sentía que la vida se le escapaba de las manos. Ya no tenía tiempo. Había rectificado su testamento y ahora el mundo seguiría andando sin él.

Germana le puso un paño de agua fría en la frente y observó el gesto torcido de su esposo. Fernando estaba en paz con Dios y había dejado todo preparado para su sucesión. El joven Carlos se convertiría en el monarca más poderoso de Europa, al unir bajo su mando todos los reinos de Castilla y Aragón. Era un extranjero, criado en Flandes, pero su sangre era tan regia como la suya. El día anterior le había escrito una carta lamentando no haberle podido conocer.

El rey notó un nuevo escalofrío, pero intentó mantener la calma, quería morir con la misma dignidad con la que había vivido.

—Os dejo en buenas manos —dijo a su esposa.

—No os preocupéis por mí —contestó su joven esposa.

—He de preocuparme por todo, soy el rey.

La joven reina le aferró la mano y Fernando la miró con ternura. No era su amada Isabel, pero le había sido fiel todos aquellos años. Aún era joven y cuando él muriera podría casarse de nuevo.

—No me arrepiento de nada, por todo he pedido perdón, pero hay algo que me ronda la conciencia. Esos pobres indios —dijo el rey.

—Su majestad hizo todo lo que pudo —comentó la reina.

—A veces hay que hacer mucho más de lo que uno puede, hacer lo imposible.

El rey miró al techo de aquella miserable casa. Su principio había sido difícil, él y su esposa tuvieron que ganarse sus reinos y terminar la obra empezada por sus antepasados, pero, ante la muerte, todo aquello no tenía valor. Respiró hondo y notó que el alma se le salía por los labios. Se aferró con fuerza a su esposa, dio un gran suspiro y descansó.

72

UN FANTASMA

Toledo, 24 de enero de 1516

BARTOLOMÉ CAMINABA NERVIOSO HACIA LA CELDA de María. La Inquisición no solía acceder a que los reos recibieran visitas, pero la intermediación del arzobispo de Toledo había operado el milagro.

Cuando el sacerdote atravesó los pasillos oscuros y húmedos, pensó en el temor y angustia que debía de haber pasado su amiga. Él la había traído hasta España y ahora ella estaba encerrada a espera de una condena que podía llevarle a la hoguera como bruja.

Sus amigos dominicos habían intercedido por ella, hasta el arzobispo había pedido clemencia, pero las acusaciones eran muy graves y la única que podía resolver el juicio era la Inquisición.

Cuando abrieron la puerta de la celda, un fuerte olor a orín y sudor le inundó la mente. Al fondo, hecha un ovillo, estaba María. Tenía el pelo desgreñado y sucio, la cara pálida y fría, se encontraba en los huesos, pero lo que más asustó al sacerdote fueron sus ojos inexpresivos.

—¿María? —preguntó el sacerdote.

La joven se apartó atemorizada.

—Soy yo, Bartolomé de las Casas —dijo el sacerdote en tono suave.

María le miró como si no comprendiera lo que decía.

—¿Estáis bien? —preguntó el sacerdote.

Bartolomé se aproximó y le tocó la cara. La joven escondió su rostro entre las piernas y los restos de su sucio camisón.

—Os sacaré de aquí, os lo prometo —dijo el sacerdote con un nudo en la garganta.

La mujer levantó la vista. Parecía mucho mayor, su rostro pálido contrastaba con sus grandes ojos negros.

—¿Cómo está Diego?

—Regresó a Cuba con su padre. Ya contestaron las preguntas de la Inquisición y volvieron a casa —dijo Bartolomé.

—¿Diego me defendió?

—No lo sé, María —se disculpó el sacerdote.

—No me llamo María. Si esto es lo que los cristianos hacen con la gente, no quiero ser uno de ellos, me llamo Yoloxochitl.

—María, Dios no aprueba esto. Esos torturadores no sirven a Cristo, un día pagarán por sus culpas —comentó Bartolomé.

—Lo siento, no puedo creer en vuestro Dios.

—No importa. Él te sacará de aquí. Te lo prometo —dijo Bartolomé.

—¿Cuándo será el juicio?

—Me han prometido que será en cuanto vuelva Cisneros. El rey ha muerto. Ahora el arzobispo es el regente de Castilla, podrá influir en los padres inquisidores —dijo Bartolomé.

María apoyó su cara sobre la fría y sucia pared, como si con ese gesto le estuviera invitando a irse. En los últimos meses había sufrido todo tipo de torturas, para sacarle una confesión, pero no lo habían logrado. Ahora prefería estar sola, cerrar los ojos y desaparecer para siempre.

Bartolomé dejó la celda desolado. Se sentía culpable de la situación, ella estaba sufriendo por su cabezonería. Había medido mal la fuerza de sus enemigos. Eran más perversos y crueles de lo que imaginaba.

Tras la muerte del rey se abría una nueva oportunidad para su causa, Cisneros estaba dispuesto a que algunas cosas cambiaran en Las Indias, pero la prioridad de Bartolomé en ese momento era María. Si no la sacaba de allí cuanto antes se volvería loca, nunca más sería la misma persona. Lo había visto en otras personas en su misma situación.

El aire de la calle le despejó, como si lo que había visto en el subsuelo de la ciudad fuera tan solo una pesadilla. Contempló el cielo azul y echó de menos por primera vez Cuba. Se hubiera rendido antes, si no hubiera estado convencido de que Dios defendía su causa. Lo que había aprendido en esos meses era que no debía desfallecer. Si Cristo había padecido por toda la humanidad, él debía imitarle en todo. Aún no se había dicho la última palabra, ese era un privilegio exclusivo de Dios.

73

LIBERTAD

✠

EL TRIBUNAL ESTABA COMPUESTO POR TRES monjes. El procurador fiscal abrió la sesión y el defensor de la acusada se acercó hasta la joven. Habían dejado que se limpiara y se vistiera, pero su aspecto seguía siendo lamentable.

En la audiencia estaban Bartolomé de las Casas, Cisneros y Montesinos. No era corriente que hubiera público en los juicios, pero la influencia del arzobispo se dejaba notar en la Inquisición.

—Insto a la acusada a que confiese su pecado y reconozca sus prácticas mágicas. Si se inculpa, el tribunal sabrá ser benevolente. Dios ama al pecador arrepentido.

María negó con la cabeza. El procurador mandó a la acusación que presentara los cargos.

—Los testimonios de don Fernando de Pedrosa y su hijo don Diego de Pedrosa no dejan lugar a dudas. La acusada embrujó a padre e hijo para que fornicaran con ella, después los separó y logró casarse con don Diego. ¿No es cierto? —preguntó el acusador con vehemencia.

La joven no levantó la cabeza. Bartolomé se encontraba angustiado. Las cosas no estaban saliendo como él pensaba. Entonces Cisneros hizo un gesto para que se acercara el defensor de la joven. El arzobispo le dio un papel y el defensor lo entregó al procurador.

El procurador leyó atentamente la hoja. Después miró al arzobispo y dejó que se acercara al tribunal una mujer.

—¿Sois Juana Velarde, natural de Jaén y criada de don Fernando de Pedrosa? —preguntó el procurador.

—Aquí veo vuestro testimonio. Acabáis de llegar de Cuba, habéis trabajado durante años para don Fernando. ¿Conocéis a la acusada?

—Sí, señoría.

—¿Estuvo en casa de los Pedrosa?

—Fue una de las indias asignadas a los Pedrosa —dijo la mujer.

—¿Es cierto que fue la concubina de don Fernando?

—No, señoría. Esta joven se resistió en varias ocasiones. Cuando mi amo la violó, se defendió con un cuchillo, por eso fue azotada y logró escapar —dijo la mujer.

—¿Pensáis que conoce las artes de la hechicería? —preguntó el acusador.

—No, es una sencilla joven, inteligente y valiente —dijo la mujer.

María alzó la cara y contempló el rostro de su benefactora. No la había visto en su vida.

—Esta testigo cambia mucho las cosas. No absolvemos a María, porque, con consentimiento o sin él, se acostó con padre e hijo, cosa execrable, pero la acusación de brujería queda anulada. Por ahora queda suspensa la sentencia. Si la acusada incurre en los delitos anteriores, este tribunal le impondrá la máxima pena: la muerte en la hoguera.

El procurador abandonó la sala. Bartolomé se acercó a la joven. Estaba tan aturdida que no se había enterado de nada.

—Estáis libre, María, vuestro calvario ya terminó —dijo Bartolomé.

La ayudó a levantarse y, después de despedirse del arzobispo, la llevó hasta el convento en el que se habían alojado en su viaje anterior.

—Gracias, excelencia —dijo Bartolomé al arzobispo.

—A veces tenemos que echarle una mano a la divina providencia —dijo Cisneros.

Bartolomé no estaba de acuerdo con las maneras del arzobispo, pero lo único que importaba ahora era la salud de María. Su vida estaba destrozada, pero él se encargaría de que recompusiera cada uno de los pedazos de su alma.

Cuando se separó de la joven, tuvo sus dudas sobre su total recuperación. Ahora tenía que conseguir que Cisneros promulgara unas leyes nuevas durante su breve mandato, antes de que el nuevo monarca ascendiera al trono. De otra manera, el proceso volvería a estancarse y los indios seguirían muriendo en Las Indias.

74

RECUPERACIÓN

Toledo, 8 de febrero de 1516

Pasaron los días y María seguía absorta en sus pensamientos, como si hubiera logrado salir físicamente de aquella terrible cárcel, pero su mente continuara atrapada en ella. Bartolomé intentó animarla de todas las formas posibles. Le compró varios vestidos nuevos, le prestó libros y le proporcionó la compañía de varias monjas, que intentaban hablar con ella y animarla.

Pasaron los días y, poco a poco, la joven recuperó algo de su ánimo, aunque se pasaba las horas en el frío jardín, mirando al cielo y con la vista perdida en el infinito.

Una de aquellas mañanas, Bartolomé le comentó a María la reunión que tenía con Cisneros. La joven no mostró mucho entusiasmo, pero decidió acompañar al sacerdote. Seguía amando a su pueblo, por esa razón había ido a España dejándolo todo.

Bartolomé abrigaba muchas esperanzas, la regencia de Cisneros parecía el momento propicio para cambiar las cosas. Los poderosos y ricos hombres de Las Indias podían convencer a los consejeros del nuevo rey Carlos para que mantuviera la situación de los indios, pero el arzobispo de Toledo tenía clara su postura en Las Indias.

Bartolomé había escrito, a petición de Cisneros, un *Memorial de Catorce Remedios*. En él, el sacerdote no se limitaba a hablar de los problemas de los indios, proponía algunas claves para cambiar la situación.

Cuando llegaron al palacio episcopal, Cisneros les recibió de inmediato. En las últimas semanas, su estado de salud comenzaba a deteriorarse, como si el esfuerzo de la regencia estuviera mermando su delicada salud. Bartolomé le entregó el memorial y el arzobispo comenzó a leerlo.

—El texto es como vos —dijo Cisneros—, tajante y claro.

—A problemas drásticos, soluciones drásticas —comentó el sacerdote.

—Me alegra ver a su joven protegida casi recuperada —dijo Cisneros.

María hizo una reverencia al arzobispo.

—Lo cierto es que las cárceles de la Inquisición son el peor tormento que ha inventado el hombre —comentó Bartolomé.

—A veces es necesario crear el infierno en la tierra, para salvar a los que se pierden —dijo Cisneros.

—El infierno en la tierra ya existe, excelencia —contestó Bartolomé.

Cisneros continuó con la lectura y dijo al sacerdote:

—La primera medida es clara, la supresión de la encomienda y la libertad de los indios. Pedís que los encomenderos, estancieros, mineros, visitadores y alguaciles, a los que llamáis verdugos, devuelvan a los indios sus riquezas y una indemnización por estos años de explotación —dijo Cisneros.

—Así se enseña en las Sagradas Escrituras, cuando el que era robado por algún judío no solo recuperaba lo robado, sino que el ladrón tenía que compensar la pérdida o el daño causado —dijo Bartolomé.

—En el libro de Éxodo habla de esta ley de restitución —dijo María, saliendo por primera vez de su aislamiento.

—Éxodo, capítulo veintidós, versos uno al quince —dijo Bartolomé.

—Conozco perfectamente la ley de Moisés —comentó el arzobispo.

Cisneros continuó leyendo la propuesta del sacerdote.

—Además pedís que se cese a todos los gobernantes de Las Indias, desde el virrey a los gobernadores, pasando por cada alguacil o juez —dijo Cisneros.

—Es de justicia, ninguno de ellos ha protegido a los indios, como era su obligación, tampoco han cumplido las leyes que se dictaron hace unos años para frenar los abusos —comentó Bartolomé.

—El punto que me parece más interesante es el de crear comunidades de indios. ¿Cómo funcionarían? —preguntó el arzobispo.

—Los indios crearían comunidades, la tierra y las minas se repartirían a partes iguales, el trabajo se distribuiría equitativamente. Una parte de sus beneficios iría a parar al rey y dos partes serían para la comunidad. En cada comunidad habría cuarenta labradores castellanos, con sus esposas e hijos, que trabajarían con los indios, repartirían beneficios y terminarían por mezclarse con los indios, creando una única raza —dijo Bartolomé.

—Esto ya está sucediendo —comentó el arzobispo.

—No excelencia, lo que está sucediendo es que los españoles esclavizan a las mujeres, muchas son violadas y unas pocas son tratadas como legítimas esposas, pero hasta ahora ninguna castellana se ha casado con un indio —dijo Bartolomé.

María se acercó a los dos hombres y les comentó:

—Los pueblos que oprimen a otros, toman a sus mujeres como botín de guerra, por eso se debe acabar con esta práctica. La unión entre hombres y mujeres debe ser libre.

Cisneros sonrió a la muchacha. Sin duda comenzaba a recuperar su ánimo.

—Se perseguirá a cualquiera que abuse de una mujer, sea casada o soltera —dijo Cisneros.

—Otra de las disposiciones que pido es que haya diez clérigos, dos hospitales, un cirujano, un boticario, cuatro vaqueros, dos ovejeros y dos carniceros, cada varios pueblos. Estos serán regidos por un administrador español —comentó Bartolomé.

—Entiendo la petición, pero no será fácil encontrar toda esa cantidad de profesiones y conseguir que marchen a Las Indias —dijo Cisneros.

—Si los españoles y lo indios tienen estas atenciones, la población volverá a crecer y muchos querrán emigrar a Las Indias —dijo Bartolomé.

—La Casa de Contratación tendrá que encargarse de reclutar a todos estos oficios —dijo Cisneros.

—Gracias, eminencia —dijo Bartolomé.

—Vuestra petición es tan completa que incluís lo que deben cobrar estos hombres e incluso los esclavos negros que debe haber en cada comunidad —comentó Cisneros.

—Este gobierno será muy justo. El gran Tomás Moro ha defendido una sociedad muy parecida a esta —dijo María.

—He leído su primer libro, dicen que sacará otro en breve —comentó Cisneros.

—Lo único que mueve es el servicio a Dios y al reino. Si acabamos con estas injusticias, nuestro pueblo recibirá las bendiciones del Creador, pero, si no lo hacemos, Dios mismo se tomará justicia —comentó Bartolomé.

—Os comentaré algo en breve —dijo Cisneros.

Cuando el arzobispo se quedó solo mandó llamar a su secretario fray Francisco Ruiz, obispo de Ávila. Su secretario era partidario de las reformas, había vivido un tiempo en La Española y se había escandalizado del trato dado a los indios.

—Fray Francisco, ¿qué pensáis de las disposiciones del padre Bartolomé de las Casas?

El secretario leyó las leyes detenidamente. Después dejó el informe sobre la mesa y dijo:

—Ya sabéis que soy el primer defensor de los indios y, aunque soy partidario de mejorar sus condiciones de vida, dudo mucho que puedan gobernarse solos. No son gente violenta y los españoles no peligran, pero son demasiado infantiles. Viven como el ganado y necesitan ser gobernados por los cristianos.

—¿Tan inferiores los veis? La princesa que trajo Bartolomé parece una mujer muy capaz, conoce hasta los escritos de Tomás Moro, si les educamos . . .

—La libertad total de los indios es dañina para ellos —sentenció el secretario.

—Escribid todo esto al rey, tiene que estar informado de las decisiones que tomemos a este respecto.

—Sí, excelencia —dijo el secretario.

—Una última cosa, ¿confiáis en Bartolomé de las Casas? —preguntó Cisneros.

—Sinceramente, no. Creo que es un buen siervo de Dios, pero un mal siervo del rey. Tiene la cabeza llena de fantasías. Sería conveniente sujetarle a hombres más prudentes.

—Enviaremos una comisión de frailes jerónimos con él. Los dominicos están demasiado inclinados a la libertad de los indios. Ellos nos informarán de los progresos de las reformas y de la necesidad de suprimir la encomienda —dijo Cisneros.

—Me parece una excelente idea —dijo el secretario.

Cuando el arzobispo se quedó solo de nuevo, pensó en todas las opciones. Sin duda, el mal trato a los indios no podía continuar, pero una libertad plena podría afectar a las arcas del reino, desanimar a los españoles que viajaban a Las Indias y terminar con la prosperidad de España.

75

LA REFORMA SE DEMORA

Toledo, 20 de abril de 1516

LA VIDA DE BARTOLOMÉ, MONTESINOS Y María transcurría con normalidad a la espera de una contestación del arzobispo. Cisneros daba largas a los tres aduciendo que faltaba la autorización real, ya que el rey debía supervisar todas las decisiones del regente.

La rutina diaria de María consistía en levantarse muy pronto, dedicarse a la lectura la mayor parte de la mañana. Después, aprovechando la mejoría del tiempo, pasear por los jardines del convento. En ocasiones le acompañaban Bartolomé o Montesinos. Por la noche seguía leyendo y contestaba algunas cartas.

Aquel día parecía uno más de su largo encierro en el convento, pero Bartolomé vino acompañado del capitán Felipe de Hervás. No le veía desde antes de su encierro por la Inquisición. El joven capitán se acercó junto al clérigo y besó la mano de María.

—Señora —dijo el capitán.

—Que grata sorpresa, os hacía ya en Las Indias, conquistando un gran reino —dijo la joven.

—Sigo al servicio del arzobispo de Toledo. Tenía una buena noticia y el padre Bartolomé me pidió que la compartiera también con vos —dijo el capitán.

—Soy todo oídos —dijo la joven.

—El obispo Fonseca será destituido de su cargo de inmediato. Se ha descubierto que el obispo había usado su influencia para enriquecerse. La mayoría de las personas responsables de la Casa de Contratación serán depuestas de sus cargos —dijo el capitán.

—Entonces Fernando de Pedrosa y sus amigos perderán su inmunidad —dijo María.

—No sé hasta dónde llegará la justicia, pero al menos ya no tendrán al máximo cargo de Las Indias de su parte —dijo el capitán.

—Eso favorece nuestra causa —dijo Montesinos.

—Cuando pongamos en práctica las disposiciones, no nos encontraremos con la oposición de la Casa de Contratación —comentó Bartolomé.

—El cardenal ha pedido que se traiga todo el oro a Madrid, no se fía del obispo Fonseca —dijo el capitán.

—Me alegra que ese farsante haya caído por fin —dijo Bartolomé.

María sonrió. Se sentía feliz al ver que todos los hombres corruptos que habían oprimido a su pueblo eran castigados por fin.

—Padre Bartolomé, he pensado que nos convendría escribir al consejero del rey, Adriano de Utrecht, que está en Madrid —dijo la joven.

—Si lo hacemos, el arzobispo puede pensar que nos estamos saltando su autoridad —dijo Bartolomé.

—No creo que el arzobispo se moleste. Lo único que haremos es informar a un consejero real —dijo Montesinos.

—Yo escribiré la carta en latín, si os parece bien —dijo María.

—De acuerdo, pero permitidme que la corrija si es necesario —comentó Bartolomé.

—Os enviaré una copia mañana mismo.

—Recordad que el rey Carlos es un hombre joven y sensible, si llegáis al corazón de Adriano, llegaréis al corazón del rey —dijo Bartolomé.

—Que Dios me asista —comentó la joven.

El capitán se acercó a la joven y volvió a tomarle la mano. Ella sintió un escalofrío que le recorría todo el cuerpo.

—Ha sido un placer veros de nuevo, princesa —dijo el capitán a la joven.

—Lo mismo digo. Espero que no tardemos tanto tiempo en volver a vernos —dijo la joven.

El capitán se alejó del grupo. María le observó nerviosa. Aquel hombre podía haber sido su esposo, pero ahora estaba casada con un cobarde que la había abandonado en el momento peor de su vida.

—Cuando tenga la carta mándeme un mensaje —dijo Bartolomé.

—No se preocupe —comentó la joven—, mañana mismo os enviaré el escrito.

Cuando María se quedó sola, fue a su celda y comenzó a redactar la carta para Adriano. Tenía que ser lo suficientemente impactante para que actuara cuanto antes, de este modo Cisneros no tendría excusa para poner en marcha las reformas.

76

ENFADADO

✠

Cisneros miró fijamente al sacerdote y le mandó que se sentara. Había recibido una queja de Adriano por el trato dado a los indios. El consejero del rey comentaba en su protesta que el rey buscaría a los culpables y les haría pagar sus culpas.

—¿Por qué enviasteis la carta a Adriano? —preguntó el arzobispo.

—Queríamos que el rey supiera . . .

—Yo tenía al rey informado, no era necesario que le molestarais de nuevo —dijo Cisneros.

—El rey no sabía nada, según nos contestó el consejero —dijo Bartolomé.

—Ahora habéis estropeado todo por vuestra impaciencia —dijo el arzobispo.

—¿Por qué, excelencia? —preguntó Bartolomé confuso.

—El rey está enfadado.

Bartolomé frunció el ceño. El arzobispo no sabía que el sacerdote había recibido una carta de Adriano, con las disposiciones reales.

—Me temo, excelencia, que os han informado mal. El rey ha ordenado que se nombre de inmediato una junta y que se pongan en marcha las reformas —dijo Bartolomé.

—No quiero que penséis que yo no estoy a favor de las reformas, simplemente soy más viejo y cauto que su majestad —dijo Cisneros.

—Agradezco vuestra prudencia, pero los indios siguen muriendo en Las Indias mientras nosotros hablamos.

—He depuesto al obispo Fonseca, estoy remodelando la Casa de Contratación e investigando los abusos y robos del anterior presidente, por eso retrasé las reformas —dijo Cisneros.

—Lo sé, excelencia. Por eso os agradecería que ahora apoyarais la comisión y apresurarais el proceso —dijo Bartolomé.

—Haré lo que esté en mi mano, pero espero que no vuelva a mover un dedo sin mi consentimiento —dijo Cisneros.

—Esperaré vuestras indicaciones —dijo Bartolomé.

—La comisión será nombrada en un par de semanas, espero que antes del verano esté de vuelta con sus indios —dijo Cisneros.

—No hay nada que desee más —comentó Bartolomé después de hacer una reverencia.

77

EN MARCHA

Madrid, 15 de junio de 1516

LA REUNIÓN COMENZÓ CON RETRASO. Los tres priores jerónimos estaban sentados juntos. Bartolomé estaba sentado junto a su amigo Montesinos. Presidía la reunión el propio arzobispo y a su lado estaba Adriano, que había sido nombrado obispo de Tolosa.

—Hemos decidido que os acompañaran los tres priores más importantes de la orden de los jerónimos. Como ya sabéis, la orden tiene buena fama de tener en su seno a los mejores gestores de la Iglesia. Ellos verán cómo se puede implantar su sistema entre los indios —dijo Cisneros.

—Pero, excelencia. ¿Quién mejor que su creador para poner en marcha el proyecto? —preguntó Bartolomé.

—Vos no sois experto en la cuestión, es mejor, por el bien de los indios, que estos priores tomen las decisiones. Ellos nos mandarán un informe sobre los avances —dijo Cisneros.

—No entiendo vuestra postura —dijo Bartolomé enfadado.

—Fray Luis de Figueroa, el prior de San Jerónimo, y fray Bernardino de Manzanedo harán un buen trabajo —dijo Adriano.

—Ellos no conocen Las Indias, tampoco están sobre aviso de los españoles que intentarán impedir la reforma —dijo Montesinos.

—Se creará la república de los indios, como pedíais, pero no saldrá adelante sin buenos gestores. Confíen en nuestro criterio —dijo Cisneros.

—Dudo que estos hombres que nunca han pisado Las Indias puedan ponerlas en orden —comentó Bartolomé

—Partirán en agosto, Sancho de Matienzo les conseguirá un buen navío —dijo Cisneros.

—Tendrán que trabajar con los priores, de todas formas podrán informarnos de cualquier cosa que no se esté haciendo correctamente —dijo Adriano.

Bartolomé se sentía indignado. Aquello parecía la venganza del arzobispo, al haber informado al rey y su consejero directamente. Aquellos priores eran unos neófitos y los colonos sabrían como engañarles, pensó Bartolomé, pero no le quedaba más remedio que aceptar las condiciones del arzobispo.

—Espero que Dios nos ayude a todos —dijo Bartolomé.

—Sin duda la hará —dijo Cisneros mientras levantaba la sesión.

78

DESTINO A LAS INDIAS

Sevilla, 15 de septiembre de 1516

CUANDO BARTOLOMÉ Y SUS AMIGOS LLEGARON a Sevilla, los tres priores de los jerónimos ya estaban en la ciudad. Al parecer, se habían visto con varios colonos que criticaban a Bartolomé y su defensa de los indios, pero cuando el sacerdote pidió una reunión con ellos para aclarar algunos puntos, le informaron que los tres monjes estaban en un monasterio a las afueras de la ciudad para ver al prior de San Jerónimo Buenavista.

A pesar de todo, Bartolomé logró ver al juez nombrado por Cisneros, para ayudar a los priores.

Alonso de Zuazo, a pesar de su juventud, era uno de los abogados más brillantes de la corte. Cisneros confiaba en que el juez sabría poner en marcha las reformas, apoyando a los priores en todo momento.

Alonso recibió a Bartolomé y sus amigos en la Casa de Contratación.

—Gracias por atendernos tan pronto —dijo Bartolomé.

—Sois muy estimado por el rey y por el regente —dijo Alonso.

—Me han llegado noticias de los priores jerónimos. Al parecer, han sido aleccionados por algunos colonos, que casualmente estaban en Sevilla —dijo Bartolomé.

—Estoy seguro de que los priores saben diferenciar entre las opiniones de unos colonos y las disposiciones del rey —dijo Alonso.

—Sin duda, pero temo que hayan equivocado a tan buenos hombres, que desconocen los entresijos de Las Indias —dijo Bartolomé.

—Yo mismo hablaré con ellos, si eso os tranquiliza. Está dispuesto que partan en breve a Las Indias. Posiblemente en el mes de octubre, yo iré con ellos, nos acompañará también el capitán Felipe de Hervás con medio centenar de soldados de su majestad. Lamento que no haya sitio para ustedes en el barco —dijo Alonso.

—¿No viajaremos con ustedes? —preguntó Montesinos.

—No hay más plazas, la Casa de Contratación lo ha dispuesto así —dijo Alonso.

—¡Eso es inadmisible! —dijo Bartolomé.

—Así ha sido dispuesto —comentó Alonso.

—Pues escribiré a Adriano de Utrecht —comentó Bartolomé.

—Podréis escribir a quién os plazca —dijo Alonso.

Salieron del despacho a toda prisa. Una mano estaba moviendo los hilos para que las reformas no se llevaran a cabo. Si los priores llegaban solos a Las Indias, sería más fácil manipularlos. Tenían que conseguir un transporte cuanto antes.

79

UN ENCUENTRO AFORTUNADO

Sevilla, 15 de septiembre de 1516

MARÍA SALIÓ A PASEAR CON LA madre de Bartolomé mientras él iba con Montesinos para buscar un medio de transporte a Las Indias. Hacía mucho tiempo que no caminaba por las calles. En los últimos meses había estado recluida en un convento, casi sin acceso a nadie con el que poder hablar.

La madre de Bartolomé le pidió que la acompañara al mercado. Tenía que comprar algo para la cena y, a aquella hora, la brisa de la tarde hacía del paseo un verdadero placer.

—Podríamos comprar algo de pescado —dijo la mujer.

—Me parece una excelente idea —comentó María—, no hemos probado pescado desde hace meses.

—Puede que a esta hora haya llegado algún barco al puerto —comentó la mujer.

Caminaron hasta el puerto y comenzaron a buscar entre los puestos. La madre de Bartolomé siguió buscando pescado fresco hasta que se detuvo en un pequeño puesto. Un pescador tenía varios cubos con peces.

María escuchó una voz que la llamaba y se giró extrañada, no esperaba encontrar a nadie conocido en Sevilla.

—Es una suerte volver a verla —dijo el capitán Felipe de Hervás.

—No esperaba verle aquí.

—Partimos en unos días con los priores jerónimos enviados por el arzobispo —dijo el capitán.

—Algo nos han dicho esta mañana —comentó María con el ceño fruncido.

—¿Qué os sucede? —preguntó el capitán.

—No dejan que vayamos en el mismo barco que los priores —dijo María.

—No sabía nada. Me parece algo muy extraño —comentó el capitán.

—Sin duda, alguien no desea que lleguemos a la vez que ellos.

—¿Sabe esto el arzobispo? —preguntó el capitán.

—Su hombre de confianza, Alonso de Zuazo, nos ha dicho que sí —dijo María.

—Será una simple cuestión de espacio, el barco está completo.

—Pero, dejando para otro viaje algunos soldados, podríamos viajar con vos —comentó María.

El capitán se quedó pensativo. Llevar polizones en un barco de su majestad era un delito muy grave.

—No puedo llevar a los tres, pero si vos os hicierais pasar por mi paje . . . nadie sospecharía.

—Pero mi aspecto . . . —dijo María.

—Vestida de hombre pareceréis un joven indio que me sirve de ayudante —dijo el capitán.

—Me parece buena idea, aunque tendré que pedir permiso al padre Bartolomé.

La madre del sacerdote se volvió al escuchar el nombre de su hijo.

—¿Con quién habláis?

—Es el capitán Felipe de Hervás, un viejo amigo.

—Si queréis podéis venir a cenar a mi casa —comentó la anciana.

—No quiero molestar —dijo el capitán.

—No es molestia, he comprado pescado suficiente para un ejército —dijo la mujer.

—Por favor, dejadme que os ayude —dijo el joven tomando la cesta de la anciana.

Caminaron hasta la casa de la mujer. Apenas hablaron, se limitaron a sonreírse y observar el bullicio de la ciudad. Cuando llegaron a la casa, ya estaban allí Montesinos y Bartolomé.

—¿Dónde os habíais metido? —preguntó preocupado Bartolomé.

—Hemos ido a comprar algo para la cena —dijo la mujer.

—Lo siento —comentó María.

—No estamos seguros en la ciudad, no podéis salir sola —dijo Bartolomé.

Cuando el sacerdote vio entrar al capitán se quedó más tranquilo.

—Afortunadamente el capitán Felipe de Hervás siempre está cerca de nosotros —bromeó Montesinos.

—Caminaba por el puerto y vi a la princesa —dijo el capitán.

—Además, se nos ha ocurrido una manera de tener vigilados a los priores. Yo puedo viajar con el capitán en su barco —dijo María.

Bartolomé miró extrañado a la joven.

—Me vestiré de hombre —dijo María.

—No es buena idea. Vestir ropas de hombre está considerado como delito —dijo Bartolomé.

—Nadie me descubrirá.

—Es muy peligroso, María —dijo Montesinos.

—El capitán estará a mi lado en todo momento —dijo María.

—¿Dónde te esconderás hasta que lleguemos nosotros? Al parecer no hay ningún barco disponible por ahora —comentó Bartolomé.

—Les juro que la protegeré con mi vida —dijo el capitán.

—Está bien, podéis ir con el capitán, pero os pido que extreméis las precauciones —comentó Bartolomé.

—Muchas gracias, padre —dijo María abrazando al sacerdote.

El religioso se apartó algo azorado.

—No hace falta que me agradezcáis nada. Encomendaros a nuestro señor Jesucristo. Él os podrá socorrer en caso de peligro. No olvidéis que sois cristiana y que os debéis a las leyes de Dios —dijo el sacerdote.

—A Dios me encomiendo siempre —contestó la joven.

—Es arriesgado —dijo Montesinos con el ceño fruncido.

—Todo lo que hemos conseguido hasta ahora ha sido porque hemos arriesgado nuestra vida por salvar a los indios —contestó Bartolomé.

—Espero que estéis en lo cierto, padre. Tenemos muchos enemigos que esperan que demos un paso en falso para llevarnos a la hoguera —dijo Montesinos.

—No somos carne de hoguera, os lo aseguro —contestó Bartolomé.

La madre del sacerdote avisó desde el salón que la cena estaba lista. El olor a pescado frito era el mejor perfume que Bartolomé había olido en los últimos meses.

80

EL SAN JUAN

Sanlúcar de Barrameda, 11 de noviembre de 1516

CUANDO EL BARCO SE ADENTRÓ EN el océano, María sintió un escalofrío que le recorrió toda la espalda. Ya había viajado por el Guadalquivir vestida de hombre, pero a partir de ese momento era imposible volverse atrás.

María observó el horizonte. Aquel luminoso cielo se reflejaba en el agua, que parecía centellear como briznas de plata, mientras el barco lo partía en dos. Se acercó por detrás al capitán y se apoyó a su lado.

—Qué hermoso es el océano.

—También puede ser terrible —contestó la joven.

—Todo lo hermoso puede llegar a ser terrible —dijo el capitán.

—Sin duda, en estos años lo he vivido en mis propias carnes. Gracias al cielo dejo España, pensé en muchas ocasiones que no lo haría con vida —dijo la joven.

—¿Sufristeis mucho cuando estabais encerrada por la Inquisición?

—Si os digo la verdad, lo que más me hizo sufrir fue el abandono y la soledad. El dolor siempre es pasajero, por muy terrible que parezca, pero me sentí muy sola. Casi me vuelvo loca —dijo la joven con un nudo en la garganta.

—Hace un tiempo os comenté que iría a Las Indias, pero no me atreví a deciros algo más.

—No os entiendo —dijo la joven.

—Desde el primer día que os vi en aquel polvoriento camino hacia Plasencia, entendí que no habría otra mujer en mi alma que no fuerais vos —dijo el capitán.

María comenzó a ruborizarse. Sabía que el capitán sentía algo por ella, pero nunca había imaginado que le declararía su amor en mitad de la nada, cuando la vida de los dos corría peligro.

—Sabéis que no me sois indiferente. Nunca he conocido a un hombre más valiente y apuesto que vos, pero por desgracia me casé con un hombre en Castilla.

El capitán la miró sorprendido. Esa era la última respuesta que esperaba. Aquellas semanas en Sevilla les habían unido aún más. ¿Cómo era posible que estuviera casada?

—En Cuba conocí a Diego de Pedrosa, el hijo de mi enemigo. Le amé profundamente y al venir a España nos casamos, pero el muy cobarde me dejó sola. Aunque no merece ser mi esposo, mientras viva le pertenezco a él —dijo María, mientras notaba que sus ojos comenzaban a humedecerse.

El capitán sintió la necesidad de abrazarla, pero estaban rodeados de marineros. No podían levantar sospechas.

—Lo siento —dijo María. Después se apartó de Felipe y se dirigió al camarote que compartían.

El joven tardó un rato en reaccionar. Cerró los ojos e intentó controlar sus emociones. Todos sus sueños se habían hecho añicos de repente. Ya no tenía sentido aquel viaje, sin ella toda ambición se le hacía absurda. Respiró hondo e intentó pensar en otra cosa.

Alonso de Zuazo se acercó hasta el capitán. Observó su rostro apagado y le preguntó:

—¿Os encontráis bien?

—Sí, únicamente un poco mareado. No estoy acostumbrado a viajar en barco.

—Os entiendo, yo estoy igual. Espero que no nos encontremos con ninguna tormenta, si esto se mueve tanto con el océano en calma, no quiero pensar cómo será en mitad de una tormenta.

—Pues me han comentado que, cerca de las costas de San Juan y La Española, unos vientos terribles acompañados de lluvias torrenciales azotan los mares en esta época del año —dijo el capitán.

—Espero que el capitán nos lleve a buen puerto —comentó Alonso.

Cerca de la cubierta, un hombre observaba la escena. Gracias a sus influencias había logrado entrar como marinero en el barco. Era holandés, un viejo conocido del capitán. Todavía tenía un trabajo que terminar, debía darse prisa. Había reconocido a la joven. A él no le podían engañar. Antes de llegar a Las Indias, la joven tenía que desaparecer para siempre.

81

LA TORMENTA

MARÍA Y FELIPE APENAS HABLARON EN los días siguientes. El capitán procuraba protegerla en todo momento, incluso había dicho al resto de la tripulación que apenas hablaba castellano, para que nadie se le acercara, pero el viaje comenzaba a cobrarse su precio. Hacía dos días que se habían alejado de la Gomera y ya no pararían hasta llegar a Las Indias. Se habían aprovisionado de pescado salado, galletas, fruta y carne adobada. Casi les quedaba un mes por delante y el océano les mandaba su primer aviso.

La tormenta comenzó poco a poco. El cielo se tiñó de gris y unas horas más tarde, un fuerte viento azotaba al barco con toda su fuerza. Las olas comenzaron a pasar la cubierta y el capitán recomendó a los pasajeros que se metieran en las bodegas y sus camarotes.

El viento silbaba afuera, mientras María y el capitán se aferraban a una de las mesas clavadas al suelo. Candelabros, tazas de metal, baúles y otros utensilios se movían de un lado al otro del camarote, mientras ellos intentaban no marearse más.

—Tengo que salir. Al menos el aire fresco me despejará —dijo el capitán abriendo la puerta.

—¿Estáis loco? —preguntó la mujer, cerrando de golpe.

—No lo resisto más.

—Si salís, una ola os llevará por delante. Es muy peligroso estar en cubierta.

El capitán la miró aturdido, sentía nauseas, un fuerte dolor de cabeza y parecía que la vida se le salía por la garganta.

—¿Qué importa si muero? —preguntó el capitán.

—Claro que importa, es vuestra vida.

—Dejadme —dijo el capitán tirando de la puerta y sacando medio cuerpo fuera.

María le agarró con todas sus fuerzas, pero no pudo evitar que los dos rodaran por el suelo húmedo de la cubierta.

Una de las olas les empujó por la cubierta hasta el borde mismo del barco. María se aferró a una cuerda, pero poco a poco sus dedos comenzaron a escurrirse. El capitán logró recuperarse un poco y le tendió la mano.

—¡María, agarraos aquí! —gritó en medio del ensordecedor vendaval.

Una nueva ola estuvo a punto de lanzar al joven fuera del barco, pero se volvió a agarrar a la cubierta y llegó hasta María. El rostro de ella parecía paralizado por el temor.

—Después de la próxima ola, tenemos que lanzarnos hacia el camarote —comentó el joven.

María asintió con la cabeza. Una nueva ola, más potente que la anterior, sacudió el barco, pero ellos aprovecharon la inercia del agua al retirarse y lograron llegar hasta la puerta del camarote. Una vez dentro se tumbaron en el suelo, empapados y exhaustos.

El joven se giró y contempló el rostro de su amada. Tenía los ojos cerrados y la cara perlada de gotas. Se acercó a sus labios y la besó.

Ella se retiró de repente. Le miró sorprendida, se puso en pie y se alejó de él.

—Lo siento —dijo el capitán.

—No lo comprendes, estoy casada. No importa que mi marido me abandonara, mientras estemos unidos, nosotros no podemos . . .

—Lo lamento. Fue un arrebato, hemos estado a punto de morir —dijo el joven.

—Espero que no se repita. Aún queda una larga travesía y no podemos cometer ningún error —dijo la joven.

—No volverá a suceder —aseguró el capitán.

El barco comenzó a recuperar la estabilidad. Las olas cesaron y un par de horas más tarde, un sol reluciente brillaba en el firmamento. Habían superado la primera prueba del viaje, pero aún les quedaban otras dificultades mayores. No estarían a salvo hasta llegar a Las Indias.

82

EL TRINIDAD

Sevilla, 30 de noviembre de 1516

BARTOLOMÉ DE LA CASAS OBSERVÓ DESDE cubierta cómo sus criados cargaban el barco. Durante los últimos meses había hecho acopio de todo lo que había podido, ya que apenas llegaban ejemplares a Las Indias.

Dos caballeros se acercaron hasta el sacerdote, era la primera vez que viajaban al Nuevo Mundo y parecían inquietos ante la perspectiva del viaje.

—Perdone, padre, ¿es la primera vez que viaja a Las Indias? —preguntó el más joven, llamado Gonzalo de Sandoval.

—Lo cierto es que llevo viviendo allí mucho tiempo. Este es mi tercer viaje, les aseguro que llegaremos con vida —dijo Bartolomé.

—No temo a la mar —comentó el otro viajero.

—Disculpe que no nos hayamos presentado. Mi nombre es Gonzalo de Sandoval y mi amigo es Ruy Díaz de Mendoza, los dos somos de Medellín.

—Conozco su pueblo, es uno de los más hermosos de Extremadura —dijo Bartolomé.

—La razón de nuestro viaje es una exploración que se está organizando para tierra firme —dijo Gonzalo.

—¿Una expedición? Llevo tanto tiempo fuera de la Indias que no había escuchado nada sobre una expedición —dijo Bartolomé.

—La está organizando el gobernador Velázquez. Al parecer, hay un fabuloso imperio más allá de la selva —dijo Ruy.

—¿Un imperio? —preguntó Bartolomé. Aquello suponía nuevos problemas. Si había todo un imperio por conquistar, sin duda el rey intentaría ayudar a la llegada de colonos. Si las cosas no cambiaban antes de que descubrieran ese imperio, difícilmente lo harían después. Por otro lado, si lograban los cambios antes de la conquista, tal vez pudieran evitar mucho sufrimiento a los indios.

—Sí, parece ser que un barco naufragó en tierra firme en 1511. Algunos españoles sobrevivieron y un marinero vio a uno de ellos que convivía con los indios y era uno de sus jefes, creo que se llamaba Jerónimo de Aguilar. Este hombre les comentó que había un gran imperio muy alejado de allí. Dicen que el oro fluye por los ríos y la ciudad está sobre un gran lago, como Venecia —dijo Ruy.

—Algunas de las cosas que se cuentan de Las Indias son inventadas. Leyendas y todo tipo de historias circulan por las islas, todo el mundo cree que encontrará un tesoro y regresará a España con una gran fortuna —dijo Bartolomé.

Cuando terminaron de cargar el barco, el capitán ordenó que soltaran las amarras y comenzaron a moverse río abajo. Bartolomé respiró aliviado al ver que Sevilla se alejaba de nuevo de su vista. Amaba su tierra, pero estaba ansioso por poner en práctica sus teorías en Las Indias.

El virrey y su esposa permanecían en España a la espera de ver al rey Carlos, los jerónimos llegarían en unos días a las islas y él tendría el tiempo justo para demostrar que los indios podían valerse por sí mismos.

—No nos ha dicho su nombre —comentó Gonzalo.

—Mi nombre es Bartolomé de las Casas, sacerdote en la isla de Cuba.

Los dos hombres le miraron con recelo. La fama del sacerdote había crecido mucho en los últimos meses, pero muchos creían que sus ideas arruinarían al Nuevo Mundo. Si no podían sacar beneficio de aquellas tierras, ¿para qué arriesgarse a ir hasta ellas y conquistarlas?

—Ha sido un placer charlar con vos —dijo Gonzalo. Los dos caballeros se despidieron y dejaron solo al sacerdote en cubierta.

Bartolomé pensó en María. Esperaba que se encontrara bien, sabía que el capitán Felipe de Hervás la protegería con su propia vida si era necesario, pero sus enemigos eran muy audaces y capaces de utilizar cualquier medio para terminar con ella. En cuanto llegara a Cuba, intentaría que los priores jerónimos aconsejaran quitar la encomienda y comenzar a crear las comunidades de indios. Si todo salía como estaba previsto, la conquista de las islas habría sido una pesadilla, los indios recuperarían su libertad y los españoles se convertirían en sus hermanos para siempre.

83

LA CARTA

✠

Sevilla, 1 de diciembre de 1516

EL MENSAJERO LLEGÓ CON LA CARTA hasta el monasterio de los dominicos, pero, cuando preguntó por Bartolomé de las Casas, la respuesta fue que ya había partido para Las Indias.

—¿A quién puedo entregar el mensaje? Es muy urgente —comento el soldado.

—Al fraile Montesinos. Yo mismo se lo entregaré —contestó el monje.

El joven religioso llevó la carta hasta la celda de Montesinos y se la entregó. El hombre quitó el sello y miró quién era el remitente.

—Fray Pedro de Córdoba, ¿qué será eso tan urgente? —se preguntó el fraile.

Montesinos leyó la carta con nerviosismo. Sin duda, no se trataba de buenas noticias. Al parecer, el trato a los indios había empeorado. Fray Pedro de Córdoba pedía a Bartolomé que exigiera al rey un territorio o una isla, en la que los frailes pudieran proteger a los indios, alejados de los españoles. Si el rey se negaba, los dominicos regresarían a España. No quería participar de aquella matanza.

La carta de fray Pedro parecía desesperada, pero Bartolomé y los priores jerónimos ya habían partido para Las Indias, tendrían que solucionar el problema desde allí. El rey no haría nada hasta ver los informes de sus enviados especiales.

Montesinos cerró la carta y preparó la contestación. Después escribió una segunda misiva, dirigida a Cisneros, para que supiera de la petición del dominico.

Después, el fraile se dirigió a la capilla del monasterio. Bartolomé necesitaba todas las oraciones que él pudiera hacer. Sus enemigos no iban a quedarse de brazos cruzados mientras les quitaban a sus esclavos y les obligaban a ganarse el sustento con el sudor de su frente. Aquellos miserables usureros eran capaces de cualquier cosa por mantener sus privilegios y el gobernador Velázquez estaba de su parte.

84

MARÍA ESTÁ EN PELIGRO

En mitad del océano, 5 de diciembre de 1516

Estaban próximos a la costa y el tiempo se acababa. El holandés observó a la joven y pensó que aquella noche era perfecta para hacerla desaparecer. La abordaría cuando ella saliera a tomar el aire, solía hacerlo sola y permanecía en el castillo de popa cerca de media hora, después solía unirse a ella el capitán. Actuaría rápidamente, le cortaría el cuello y la arrojaría por la borda. En dos o tres horas, el cuerpo estaría ten lejos que nadie podría localizarlo. Además, era muy común que por algún descuido alguien cayera por la borda.

El holandés recibiría una gran suma de dinero, unos cincuenta mil maravedíes. Con ese dinero regresaría a Holanda y viviría el resto de sus días en una casa cerca de Ámsterdam. Podría casarse y formar una familia, sería un hombre respetable y tendría el resto de su vida para lavar su conciencia y pagar sus culpas. Esos eran sus pensamientos mientras esperaba a que la noche cubriera el barco.

Tras dos horas, el sol desapareció en el horizonte, el holandés observó cómo la joven salía de su camarote y se dirigía al castillo de popa. Afortunadamente el piloto estaba colocado al borde del castillo y no veía nada de lo que sucedía a sus espaldas, pero tenía que ser muy sigiloso, para que nadie escuchara a la joven.

El holandés dejó la proa y caminó despacio hasta el castillo de popa, subió por las escaleras y se situó al lado de la joven.

María sintió que alguien se colocaba a su espalda. Durante aquellos días había procurado estar sola el mayor tiempo posible. No quería pasar mucho tiempo junto a Felipe, temía no poder controlar sus sentimientos. Lo mejor era que renunciara a sus sentimientos y pensara únicamente en su misión. En cuanto llegara a La Española tenía que hablar con fray Pedro de Córdoba. Ambos debían cuidar de que los priores jerónimos cumplieran su misión, sin que los encomenderos se entrometieran demasiado.

Escuchó el crujido del suelo y se giró de repente. El holandés la miró sorprendido, ella intentó correr, pero el hombre la detuvo con el brazo. Después la comenzó a estrangular. Ella intentó defenderse, pero él era demasiado fuerte. Intentó gritar, pero el brazo le oprimía la garganta.

El capitán salió del camarote y se dirigió al castillo de popa. Una ligera brisa le erizó el vello de los brazos. Le habían dicho que Las Indias eran muy calurosas, pero en el viaje había pasado tanto frío que le costaba creérselo. En los últimos días el tiempo se había templado, pero por la noche refrescaba.

La joven sacudió las piernas, golpeó a las costillas del hombre, pero él apenas se inmutó.

Felipe miró al fondo del castillo de popa. Dos hombres estaban abrazados y se balanceaban, como si uno de ellos hubiera bebido demasiado y el otro le sostuviera. Pero al acercarse vio los ojos desorbitados de María y la expresión de furia de un viejo desconocido.

Corrió hasta ellos y agarró el brazo del holandés, que había logrado sacar su cuchillo para degollar a la mujer. El holandés le miró sorprendido, pero apretó con más fuerza a la joven, hasta casi ahogarla, mientras intentaba aproximar más el cuchillo a la joven.

—¡Suéltala, maldito! —gritó el capitán.

—¡No! Moriréis los dos —dijo el holandés.

El capitán logró torcer el brazo del asesino y el cuchillo cayó sobre la cubierta. El holandés soltó a la joven y la lanzó al agua. Los dos hombres forcejearon en el suelo, pero el holandés logró ponerse encima del español y comenzó a golpearlo.

El piloto dio la voz de alarma y, soltando por unos momentos el timón, agarró al holandés por la espalda. El capitán logró incorporarse, pero el asesino se soltó de nuevo y desenvaino la espada. La primera estocada pasó rozando al capitán.

—La última vez no logré matarte, pero esta vez no te librarás —dijo el holandés.

—Maldita escoria, serás tú el que mueras —dijo el español echándose mano a la espada, pero en ese momento se dio cuenta de que la había dejado en el camarote.

El holandés volvió a atacarle y le rasgó la manga de la camisa. El piloto se sacó un cuchillo de la bota y se lo lanzó al capitán. Con el cuchillo logró parar los ataques del holandés, pero el asesino hirió en el hombro al capitán. El español se agarró a él y logró lanzarlo contra el suelo. Le atrapó entre sus piernas y le hincó el cuchillo en el pecho. El holandés lanzó un gemido y soltó su arma.

El capitán se puso en pie y subió a la baranda de la cubierta.

—Vigiladle —dijo al piloto y se arrojó al agua.

Unos minutos más tarde, varios marineros subían a la joven con una soga atada a la cintura, parecía inconsciente. Cuando subieron a cubierta al capitán, se abalanzó sobre la joven.

—María —dijo el capitán.

El resto de los marineros le miraron extrañados. Con el pelo suelto, el joven soldado se había convertido en una bella mujer. El capitán le golpeó el pecho y la puso de lado. La mujer echó agua por la boca y comenzó a toser.

—¿Os encontráis bien? —preguntó el capitán.

Les rodeaba un pequeño grupo de gente, todos miraban sorprendidos a la mujer.

María abrió los ojos y, al contemplar el rostro del capitán, se alegró de estar viva.

—Es una mujer —dijo el capitán del barco.

Uno de los priores observó la escena con disgusto.

—Es un delito vestirse como un varón. Cuando llegue a La Española tendrá que ser juzgada por un tribunal eclesiástico. En Las Indias no actúa la Inquisición, pero el obispo de Santo Domingo juzgará el caso —dijo el prior.

—Pero, ella tenía que llegar a Las Indias, es la princesa Yoloxochitl —dijo el capitán.

—No importa, es una mujer cristiana y está sujeta a las mismas leyes que la del resto de mujeres —dijo el prior.

El capitán tomó en brazos a la joven y la llevó hasta su camarote. A partir de ese momento tendría que buscar otro sitio para dormir. Después subió a cubierta para interrogar al holandés.

El asesino seguía tumbado en el suelo. Sangraba mucho. El cuchillo le había atravesado el pulmón y le faltaba el aire.

—Necesito un confesor —dijo el holandés.

—Antes debéis decirme quién os contrató —inquirió el capitán.

—Me muero, no permitáis que mi alma se pierda para siempre —dijo el holandés.

—¿Quién os pagó? —insistió el capitán.

—Fue María —dijo el holandés.

—¿María? ¿Qué María? —preguntó el capitán.

—María de Toledo, la mujer del virrey.

—¡Fue ella! —dijo sorprendido el capitán.

Uno de los priores se acercó al asesino y le dio la extremaunción. El capitán se puso en pie y fue a ver a la joven. Cuando entró en el camarote la observó en silencio. Dormía tranquila, aunque sobre ella se cernía de nuevo la amenaza de la Inquisición. Únicamente Dios podía librarla de morir en la hoguera.

Tras mirarla por última vez, cerró la puerta del camarote y observó cómo los marineros arrojaban el cuerpo del holandés al agua. El capitán pensó en lo corta y difícil que era la vida. El único consuelo que tenía el hombre era esperar una mejor. Sin duda, Dios había permitido que María y él se conocieran. Si era su voluntad que estuvieran juntos y ella fuera liberada de nuevo, dejarían todo y comenzarían una nueva vida. Ya no le interesaba la fama y la fortuna, había algo mucho mejor, el amor.

85

TODO ESTÁ REVUELTO

Santo Domingo, La Española, 25 de diciembre de 1516

La ciudad estaba revuelta a la llegada de Bartolomé de las Casas. Al poco tiempo de la llegada de los priores jerónimos, un barco capitaneado por Juan Bono y cargado de esclavos de origen caribe había llegado a la isla. Días más tarde, todos esperaban la llegada del propio sacerdote Bartolomé, a los que la mayoría consideraban el auténtico defensor de los indios.

Cuando el padre Las Casas vio a ciento ochenta indios esposados, algunos heridos, en la playa de la ciudad, intentó controlar su indignación. A las pocas horas de su llegada recibió la invitación del propio Juan Bono, para que acudiera a una cena en su casa.

El sacerdote aceptó la invitación, pero antes de acudir a ella tenía que enterarse de otra desagradable noticia. María había sido detenida por vestir como varón y viajar clandestinamente a Las Indias.

Bartolomé acudió aquella misma tarde para pedir al obispo de La Española que liberara a la joven. Él mismo se encargaría de su custodia, ya que no había que temer que se fugase. Para más desgracia, los priores jerónimos podían ver en la actuación de la joven un ejemplo más de que no se podía confiar en los indios.

Francisco García de Padilla, el obispo de la ciudad, le recibió de mala gana. Estaba en contra de las reformas de Bartolomé y creía que simplemente era un hombre con demasiadas ansias de notoriedad.

—Excelencia —dijo Bartolomé, tras besar el anillo del obispo.

—Vos diréis, por qué tanta urgencia para verme —dijo secamente el obispo.

—Me he enterado que la joven María, mi protegida, está en la cárcel. Quiero pediros que la liberéis —dijo Bartolomé

—No está en mi mano. Pasamonte es el único que puede dar la orden o los padres jerónimos, pero fueron ellos los que pidieron su encarcelamiento —dijo el obispo.

—Es injusto. En esta ciudad hay asesinos y violadores sueltos, pero una mujer es acusada de suplantación y se la mete en la cárcel —dijo indignado Bartolomé.

—Es la ley —contestó el obispo.

—Gracias de todos modos —dijo Bartolomé dejando al obispo. Esa misma noche tenía que cenar con don Juan Bono y al día siguiente intentaría liberar a su protegida.

La casa de Bono estaba en una de las mejores zonas de la ciudad. El marinero había reunido una gran fortuna, la mayor parte de ella gracias a la trata de esclavos. Ambos hombres se conocían, pero Bono se oponía a las ideas de Bartolomé.

A la entrada de la casa, los criados le ofrecieron agua para que se refrescase. Bartolomé se había olvidado de los rigores del calor en Las Indias. Después le llevaron al salón. Era el único invitado o, al menos, eso parecía.

—Estimado padre —dijo Bono entrando en la estancia.

Bartolomé se mantuvo frío y distante y se limitó a saludarle con una ligera inclinación de cabeza.

—Sentaos por favor, en seguida traerán las viandas. ¿Os apetece algo en especial?

—Con una copa de vino es suficiente —respondió Bartolomé.

—Qué bueno es el vino de nuestra tierra, es una de las cosas que se echan en falta. El que llega aquí es malo y caro —dijo Bono.

—Muchas de las cosas que llegan aquí son malas, también algunas personas —contestó Bartolomé.

—Espero que las cosas por España os hayan marchado bien —añadió el hombre.

—He sufrido muchas pruebas y obstáculos, pero ciertamente Dios ha defendido nuestra causa —comentó el sacerdote.

—Os preguntaréis para qué os he mandado llamar —dijo Bono.

—Pues tenéis razón —respondió el sacerdote.

—Como imagino que ya sabéis, esos indios que hay en la playa los he traído yo.

—Eso tengo entendido —contestó Bartolomé.

—Todo lo que hecho es legal, el juez me autorizó la partida. La mano de obra es cada vez más escasa y estos caribes son caníbales salvajes, al menos servirán en las casas de buenos cristianos —dijo Bono.

—¿Cuánto pagasteis al juez para que mirase a otro lado? —preguntó el sacerdote.

El capitán sonrió. Creía que el sacerdote ya había entendido por qué le había mandado llamar.

—Un fabuloso collar de perlas, pero, naturalmente, vos recibiréis mucho más si no os inmiscuís. Entiendo vuestro amor por los indios, pero con una generosa ofrenda podréis ayudar a muchos. Estos caribes son escoria —dijo Bono.

—Ya veo para qué me hicisteis llamar. Os digo una cosa, capitán. En el infierno a donde os dirigís con tanta premura no podréis sobornar a nadie. Cada uno pagará por su culpa. Esos caribes son hombres como vos, con familias y sentimientos. ¿Quién os dio el derecho de elegir entre la vida o la muerte, la libertad o esclavitud de vuestros hermanos? —preguntó indignado Bartolomé.

—Sois un mentiroso. Dios nos mandó aquí para gobernar a estas gentes. El diablo es el que os usa para desbaratar este reino, pero todos los españoles, cristianos viejos, os impediremos que lo hagáis.

—No tengo más que hablar con vos, espero que soltéis cuanto antes a esos indios, de otra manera yo mismo la haré —dijo el sacerdote.

—Atreveos y será la última cosa que hagáis —amenazó Bono.

—Sé utilizar la pluma y la espada, con las dos puedo venceros. Elegid las armas, las dos matan, pero la primera es mucho más lenta —contestó Bartolomé.

—No tengo miedo de vos ni de ninguno de esos malditos frailes dominicos. Hasta ahora lo único que han hecho ha sido hablar, pero no lograrán cambiar nada.

—Ya lo veremos, capitán Bono.

El sacerdote se puso en pie y abandonó el salón. Mientras se dirigía furioso a la salida, no dejaba de pensar en esos priores, que no habían levantado ni un dedo a favor de los indios. El trabajo no había terminado, más bien acababa de comenzar. Si no abría los ojos de los priores, no podrían sobre aviso al rey y el monarca no cambiaría las cosas. No sería tarea fácil, pero debía intentarlo con todas sus fuerzas.

86

LOS PRIORES

Santo Domingo, La Española, 26 de diciembre de 1516

AQUELLA MAÑANA ESTABA CONVOCADA UNA REUNIÓN entre los priores, los jueces, el tesorero y los alcaldes de la isla. Bartolomé asistía como protector de los indios.

El primero en hablar fue el tesorero, Miguel de Pasamonte.

—De un tiempo a esta parte, la población de la isla ha disminuido. Cuando llegó Diego Colón, en 1509, había unos sesenta mil indios, pero en la actualidad apenas hay cuarenta mil. De los diez mil españoles de hace unos años hemos pasado a los cuatro mil, ya que muchos han ido a Cuba o han regresado a sus casas.

—De esta manera, la población se ha reducido notablemente, al menos en veintiséis mil almas —dijo fray Luis de Figueroa, uno de los priores.

—Ciertamente, señor —contestó el tesorero.

—¿Cuántos indios había en La Española cuando llegó Cristóbal Colón? —preguntó fray Bernardino de Manzanedo, otro de los priores.

—Es difícil saberlo. Bartolomé Colón calculó en su momento que un millón doscientas mil almas —dijo el tesorero.

—Eso es imposible —comentó Vázquez de Ayllón, uno de los jueces.

—Si en tres años han muerto veinte mil, sin guerras ni luchas. Lo que nos da un cálculo anual de unos seis mil seiscientos indios al año y un total de unos ciento sesenta y cinco mil desde que llegamos, es posible que hubiera al menos un millón —comentó Bartolomé.

—Aquí estamos para conocer la situación real, no para hacer cálculos sobre los indios muertos en el pasado —dijo fray Luis de Figueroa.

—¿Cuáles son las causas del descenso de los indios? —preguntó fray Bernardino de Manzanedo al tesorero.

—Las enfermedades, fundamentalmente —dijo Pasamonte.

—Creo que las enfermedades no lo explican todo. Cuando nosotros llegamos a la isla, los indios se alimentaban de mandioca, pesca y caza, pero les prohibimos la caza para que no perdieran tiempo de trabajo. Esa es una de las causas, la mala alimentación, por no hablar del exceso de trabajo, los asesinatos y los maltratos físicos —dijo Bartolomé.

—Creo que por hoy es suficiente —dijo fray Bernardino de Manzanedo—. Mañana visitaremos una de las minas para ver las condiciones de trabajo de los indios.

Tras la reunión, Bartolomé se acercó a los priores. Quería que liberaran a María.

—Padre, sé que la joven hizo mal, pero no es una razón suficiente para tenerla en la cárcel. María ha sufrido mucho y está bajo mi cuidado, yo respondo por ella. Os aseguro que no escapará —dijo Bartolomé.

—Lo lamentamos, pero tendrá que ser juzgada por el obispo —comentó fray Bernardino de Manzanedo.

—No pido que la liberen sin juicio, simplemente que esté en un convento hasta que se celebre; su salud no es muy buena y dudo que resista un nuevo cautiverio.

—Eso lo debía haber pensado antes de vestirse de varón —dijo fray Luis de Figueroa.

—Sean compasivos —comentó Bartolomé.

—La compasión empieza por uno mismo. Si liberamos a la joven, nadie creerá que somos imparciales. No podemos favoreceros en esto —dijo fray Luis de Figueroa.

—Al menos intercedan para que el juicio se celebre cuanto antes —dijo Bartolomé.

—Haremos cuanto esté en nuestra mano —comentó fray Luis de Figueroa.

—Gracias, padres —dijo Bartolomé

—Que Dios te bendiga, hermano —contestaron los tres a la vez.

Bartolomé se alejó decepcionado de los priores, su postura le parecía injusta y mezquina, pero ellos tenían la última palabra. Lo único que podía hacer era acelerar el juicio cuanto antes y asegurarse de que saliera libre de todos los cargos. No estaba seguro de que María aguantara otra prisión prolongada. Si el obispo se negaba a juzgarla, apelaría al rey si hacía falta.

87

LA VISITA

✠

Santo Domingo, La Española, 1 de enero de 1517

MARÍA PARECÍA MUCHO MÁS TRANQUILA DE lo que esperaban. La celda tenía una pequeña ventana que daba al jardín del palacio del obispo y no parecía húmeda ni excesivamente calurosa. Además de la cama, estaba amueblada con una mesa y una estantería con libros.

La joven les recibió con entusiasmo. Apenas veía a nadie en todo el día y la mayor parte del tiempo lo dedicaba a leer.

—Es un placer verles —dijo María.

—Estábamos preocupados por vos —comentó el capitán.

—Me encuentro bien, lo único que espero es que el juicio se celebre pronto.

—Estamos haciendo todo lo que está en nuestra mano —dijo Bartolomé.

—Lo sé, padre —contestó María.

—Todo fue culpa mía, no debí dejaros sola ni un momento —comentó el capitán.

—Eso no es cierto, pues ese asesino hubiera buscado otra

oportunidad, nadie hubiera imaginado que viajaba en el mismo barco que nosotros —dijo María.

Bartolomé se acercó a la mesa y observó los libros.

—Hay algo que no les he dicho —comentó el capitán.

María y el sacerdote le miraron sorprendidos.

—El asesino me confesó quién le había contratado para mataros —dijo el capitán.

—Está claro que fue Fernando de Pedrosa —contestó María.

—No, fue María de Toledo, la esposa del virrey —dijo el capitán.

—¿María de Toledo? —preguntó extrañado Bartolomé.

La joven se quedó pensativa, como si un recuerdo olvidado volviera de repente a su memoria.

—Fue ella la que me obligó a huir —dijo la joven.

—¿Qué decís? —preguntó Bartolomé.

—En su palacio, ahora recuerdo que me pidió que negara el maltrato de los indios ante el rey. Me prometió que ella misma se encargaría de ayudar a mi pueblo cuando regresara a Las Indias, pero que su esposo estaba en una situación delicada, el rey podía destituirle. Como me negué a sus pretensiones, me arrastró del pelo y me juró que me mataría. Logré escapar tirándome por aquel barranco, el resto ya lo conocen —dijo María.

—¿Por qué no me contasteis nada? —preguntó Bartolomé.

—No lo recordaba, hasta que Felipe ha nombrado a María de Toledo —dijo la joven.

—Afortunadamente, no consiguió mataros —dijo el capitán.

—Pero, con toda seguridad, la virreina está moviendo los hilos desde España para que el obispo retrase vuestra liberación —comentó Bartolomé.

—Es posible —dijo la joven.

—En unos días, los priores darán a conocer sus conclusiones.

Buscaremos la manera de liberaros. Si no es por las buenas, será por las malas —dijo Bartolomé.

—No os entiendo, padre—dijo la joven.

—Si no vais a tener un juicio justo, os sacaremos de aquí y os llevaremos a Cuba —dijo el sacerdote.

—¿A Cuba? Pero entonces tendría que estar siempre escondiéndome.

—Apelaremos al rey y él os dejará libre, pero vuestra vida está en peligro —comentó el capitán.

—Dejemos que Dios nos indique el camino a seguir. Esperaremos al informe, pediremos de nuevo al obispo que celebre el juicio. Si se produce otro aplazamiento, ya pensaremos en alguna manera de sacaros de aquí —dijo Bartolomé.

Uno de los carceleros se acercó a la puerta.

—El tiempo se ha terminado.

—Adiós, María —dijo el sacerdote.

—Espero veros pronto —comentó la joven.

—Adiós —dijo el capitán.

—Gracias por todo, Felipe —dijo María.

Cuando la joven se quedó a solas, se refugió al lado de la ventana. Observó las flores y sintió que todo su ánimo desaparecía de repente. Lo único que deseaba era vivir en paz y poder casarse con Felipe, pero su amor era imposible.

88

LAS CONCLUSIONES

Santo Domingo, La Española, 4 de enero de 1517

Cuando Bartolomé leyó el informe de los priores jerónimos se quedó gratamente sorprendido. Los tres monjes habían sabido plasmar la situación de Las Indias. Corrupción, desorganización, violencia y odio eran el pan de los indios.

Los priores liberaron a los indios de los trabajos en las minas y los devolvieron a sus poblados. Fomentaron la construcción de iglesias, el reparto de semillas y ganado y el autogobierno de algunas comunidades. Fomentaron el cultivo del azúcar, que tan buenos resultados había dado en las Islas Canarias, pero los problemas eran muchos y estaban muy generalizados. No había suficiente mano de obra, los indios se resistían a la asimilación, escaseaban los alimentos y todo era muy caro. Muchos españoles regresaban decepcionados a su tierra, incapaces de prosperar en un mundo mal repartido, con un clima muy distinto al suyo y en el que les faltaban las cosas básicas.

Los priores prohibieron la trata de esclavos en las costas próximas, pero ante la presión de los colonos, que necesitaban mano de obra, permitieron algo de comercio, aunque lo ordenaron bajo la supervisión de Juan de Ampiés.

Además de todas estas tareas, habían preguntado a procuradores, alcaldes y otros cargos su opinión sobre la conveniencia de que los indios se rigieran por sí mismos. La mayoría creía que eran demasiado infantiles para hacerlo. Aunque aún quedaba mucho por investigar.

Los tres jerónimos solicitaron al obispo que celebrara el juicio lo antes posible, lo que Bartolomé les agradeció mucho. Parecía que las cosas poco a poco comenzaban a enderezarse.

El juez Zuazo llegó a primeros de año e investigó las denuncias contra los jueces, ya que muchos de ellos estaban acusados de corrupción, aunque la mayoría quedó absuelta de sus cargos.

A partir de su primera visita, Bartolomé y el capitán veían todos los días a María. Ella se mostraba muy entera y dedicaba buena parte del tiempo a leer y recibir visitas. En unos días saldría el juicio y el sacerdote confiaba en la liberación de la joven.

89

DIOS ME ASISTA

Santo Domingo, La Española, 7 de enero de 1517

La audiencia se celebró a puerta cerrada. Únicamente algunos testigos, Bartolomé de las Casas y los priores estaban presentes. Presidía el juicio el obispo de Santo Domingo. Bartolomé había conseguido un abogado defensor. Aquel proceso era mucho más transparente que los de la Inquisición y el acusado podía defenderse de una manera más justa.

El acusador se puso en pie y presentó los cargos contra María.

—María, hija de cacique Carib y natural de la isla de Cuba, ha cometido varios delitos. El primero, el de vestirse de varón, práctica que va contra la moral cristiana y está prohibido expresamente en las Sagradas Escrituras, pero además viajó a Las Indias sin autorización de la Casas de Contratación, como polizona en un barco de su majestad. Esta joven ya había sido acusada por la Inquisición de practicar la brujería y de un terrible acto de inmoralidad, al haberse acostado con un padre y su hijo. Por todo ello, pido la más severa condena, la muerte.

Tras la intervención del acusador, el defensor, Pedro Medina,

269

se puso en pie. Bartolomé lo había pagado de su propio dinero y decían que era el mejor abogado de Las Indias.

—María es una víctima de un mundo que no acepta al que es diferente. A pesar de ser una india taína, ha sido educada en nuestras costumbres y religión. Es una mujer culta, que sabe leer y escribir. Una princesa de su pueblo que ha dedicado su vida a ayudar a la convivencia entre indios y españoles. Las acusaciones de las que habla el acusador, fueron rechazadas, ya que María fue violada por Fernando de Pedrosa y no es culpable de haberse enamorado y casado con su hijo Diego de Pedrosa. María huyó de España por encontrarse en peligro de muerte. Es cierto que lo hizo de manera ilegal y que utilizó un disfraz de hombre, pero estos delitos son menores si los comparamos con el peligro que se cernía sobre ella. De hecho, fue descubierta tras sufrir un grave intento de asesinato. Por el bien de nuestros pueblos, debemos absolver a esta joven, que ha sufrido en su propia carne los abusos que los reverendísimos padres jerónimos han venido a solucionar.

El obispo frunció el ceño. Aquel era un golpe bajo. Si no absolvía a la joven, los dominicos le acusarían de estar en contra de las reformas apoyadas por el rey y el mismo Cisneros.

—Dios me asista y dé sabiduría, después de escuchar a ambas partes y leer los informes que me han llegado de España. Tengo que absolver a María, hija del cacique Carib, de todos los cargos. No sin antes imponerle una multa de quinientos maravedíes.

Apenas había terminado de dictar sentencia el obispo, cuando Bartolomé y sus amigos saltaron de los bancos para felicitar a la joven. María levantó la cabeza y miró a Felipe de Hervás. El capitán le sonrió. María era por fin libre.

90

DE VUELTA A CASA

AQUELLA NOCHE TOMARON UNA SUCULENTA CENA. Había muchas cosas que celebrar, aunque el padre Las Casas seguía preocupado por lo despacio que se aplicaban las nuevas medidas. Por si esto fuera poco, la Casa de Contratación había aprobado la trata de esclavos negros a Las Indias, llegando a un acuerdo con Jorge de Portugal.

—¿Qué os sucede, padre? Parecéis preocupado —dijo María.

—Tengo que volver a España, aunque antes os acompañaré a Cuba.

—¿A España? —preguntó el capitán.

—Sí, las cosas se están retrasando y el rey llegará en breve a la Península, es la mejor oportunidad para que se dicten unas leyes favorables a los indios —comentó el sacerdote.

Tras la cena, la mayoría de los comensales salieron a los jardines del monasterio. El calor del día había desaparecido y una refrescante brisa recorría el huerto.

Felipe de Hervás se aproximó a la joven, le hubiera gustado estrecharla entre sus brazos, pero era imposible.

—¿Volveréis a Cuba? —preguntó el capitán.

—Sí, es mi hogar —comentó la joven.

—¿No estaréis en peligro allí sola? El padre Bartolomé regresa a España —dijo el capitán.

—Tengo que recuperar mi vida.

—¿Pediréis la nulidad de vuestro matrimonio? —preguntó el capitán.

—Ese es mi deseo, pero el padre Bartolomé me ha informado de que la nulidad es muy complicada, debe darla directamente el Papa. Además, es muy costosa y el proceso puede durar años —comentó la joven.

Felipe sintió cómo todas sus esperanzas desaparecían de repente. Aun así, estaba dispuesto a ir con ella a Cuba, aunque tuvieran que vivir el resto de su vida sin poder casarse.

—Yo iré con vos a Cuba —dijo el capitán.

—¿Estáis loco? Vinisteis aquí para uniros a las expediciones que se están preparando para el continente, no quiero arruinar vuestra vida.

—Mi única ambición es estar junto a vos —comentó el capitán.

—Es imposible —dijo María con un nudo en la garganta.

—Es suficiente con teneros cerca, no me hace falta nada más —dijo el capitán.

Bartolomé se acercó a la pareja. Sabía que se amaban, aunque su amor era imposible.

—Dentro de dos días partiremos para Cuba. Yo, poco estaré presente allí. Un viaje me espera. Antes de la primavera quiero estar de regreso en España.

—Sí, padre —dijo María.

—No desesperen, Dios tiene siempre la última palabra —comentó el sacerdote retirándose de sus amigos.

María respiró hondo y observó el cielo estrellado. Ya no tenía que contemplar el mundo a través de las rejas de una pequeña ventana, pero su matrimonio fallido la mantenía dentro de una cárcel invisible.

91

CUBA

✠

Santiago, Cuba, 10 de enero de 1517

La ciudad había cambiado mucho en los últimos dos años. Mientras la isla de La Española perdía población e importancia, Cuba crecía cada vez más. María bajó del barco y se dirigió con sus amigos hasta la casa de Bartolomé en la ciudad.

Catalina fue la que salió a abrirles la puerta. Conocía de su llegada, ya que Bartolomé le había escrito una semana antes para que preparara todo.

—¡María! —dijo la mujer, emocionada.

—¡Catalina! —contestó la joven fundiéndose en un abrazo con su vieja amiga.

—Estáis aún más bella, un poco pálida y delgada, pero hermosa como una flor —dijo Catalina.

—Gracias —dijo María ruborizándose.

—Las cosas aquí están igual que siempre, lo que no es bueno. Ahora tenemos obispo, aunque el que sigue gobernando la isla con mano de hierro es Velázquez. No creo que se alegre mucho de verles de nuevo por la isla —dijo la mujer.

—Su perro fiel, Fernando de Pedrosa, ¿está también en Santiago? —preguntó Bartolomé.

—Será mejor que pasen adentro, es mejor no hablar de estas cosas en la calle —dijo la mujer.

Se reunieron en el salón, el capitán y María tomaron asiento, pero Bartolomé se quedó de pie, a la espera de las noticias de Catalina.

—La isla está revuelta por los preparativos para ir al continente, quieren organizar una expedición importante. Como el virrey lleva casi dos años ausente, el que toma las decisiones ahora es Velázquez —dijo la mujer.

—Eso no es bueno para Dios ni para el rey, Velázquez no quiere que las cosas cambien en la isla —dijo Bartolomé.

—Algunos indios se rebelaron por el occidente y el gobernador ha aprovechado para sujetarlos con más fuerza, miles de ellos han muerto en estos dos años —dijo Catalina.

—¿Sabéis algo de los indios de la zona de Cienfuegos? —preguntó María angustiada.

—Muchos de ellos han muerto y otros fueron hechos prisioneros —comentó Catalina.

—¿El cacique Carib fue uno de ellos? —preguntó María.

—No lo sé.

Bartolomé abrazó a la joven.

—No os preocupéis por vuestro padre, nos informaremos sobre su paradero. Ahora es mejor que todos descansemos. Mañana será un día muy largo —comentó el sacerdote.

María subió a su antigua habitación. Cuando el capitán y el sacerdote se quedaron solos, Bartolomé le comentó:

—En cuanto los Pedrosa sepan que estamos en la isla, intentarán hacer algo a María. No la perdáis de vista en ningún momento.

—No lo haré —contestó el capitán.

—Buenas noches capitán, bienvenido a la isla de Cuba.

92

VISITA AL GOBERNADOR

☩

Santiago, Cuba, 10 de enero de 1517

BARTOLOMÉ Y FELIPE DE HERVÁS SE dirigieron a la casa del gobernador. Querían informarse del paradero del padre de María. Después de esperar más de una hora, Velázquez les recibió en su despacho.

El gobernador había envejecido mucho en aquellos años, pero ahora era el hombre más poderoso de Las Indias. El rey había dejado la disposición de quitar de su cargo a Diego Colón, aunque muy pocos lo sabían, ya que su destitución se mantenía en secreto.

—Padre Las Casas, pensé que no volvería a veros jamás —dijo el gobernador.

—Lo mismo digo. No creía que durarais tanto en vuestro puesto, y menos tras la caída del obispo Fonseca.

—Sirvo a su majestad —dijo irónicamente Velázquez.

—Permitidme que os presente al capitán Felipe de Hervás —dijo el sacerdote.

—Pensé que vendría con vos esa india, ¿cómo se llama? María —dijo el gobernador.

—Está descansando del viaje —contestó Bartolomé.

—Imagino que calienta las noches de un viejo sacerdote solitario —dijo el gobernador.

—No le consiento . . . —dijo el capitán.

Dos soldados detuvieron al joven y le separaron del gobernador.

—Dejadle. No pensé que esa india hubiera hechizado a otro español. Ya es el cuarto que conozco —comentó el gobernador.

—Hemos venido aquí para preguntaros por Carib, el padre de María.

—Ese cacique se rebeló contra nosotros hará un año. Nos costó encontrarle por la selva, pero ahora es uno de los esclavos de Fernando de Pedrosa, trabaja en una de sus minas. Lo cierto es que ningún indio sobrevive más de un año allí, pero ese cacique parece fuerte.

—Exijo su liberación. El rey me ha nombrado protector de los indios —dijo Bartolomé.

—No me consta. Aquí el que gobierna soy yo . . .

—Le diré al rey lo que está haciendo y tendrá que liberar a Carib —dijo Bartolomé.

—Lo lamento, pero cuando el rey mande su salvoconducto, Carib llevará muerto mucho tiempo —dijo Velázquez.

Bartolomé frunció el ceño. El gobernador tenía razón, el padre de María no aguantaría mucho en las minas.

—¿Qué puedo ofreceros por su liberación?

—Es propiedad de Francisco de Pedrosa, si él os lo da, yo no tengo nada que objetar.

—Pedrosa nunca le soltará —dijo Bartolomé.

—Ese no es mi problema, padre —dijo el gobernador.

El sacerdote y su amigo se retiraron indignados. El gobernador Velázquez era un hombre mezquino y despiadado. Tendrían que ir a ver a Francisco de Pedrosa y pedir la liberación de Carib, aunque Bartolomé sabía que aquel individuo no iba a ceder fácilmente.

93

UNA TRISTE NOTICIA

✠

Santiago, Cuba, 10 de enero de 1517

CUANDO LE COMUNICARON LA NOTICIA, MARÍA se echó a llorar. Las esperanzas de encontrar a sus padre con vida eran muy pocas. María pensó que, aunque aún estuviera vivo, los Pedrosa nunca permitirían su liberación.

—Mañana saldremos para Sancti Spiritus —dijo Bartolomé.

—¿No será peligroso que viajemos solos? —preguntó el capitán.

—Llevaremos a dos criados armados, más nosotros dos y María —contestó Bartolomé.

—Fernando tiene un pequeño ejército en su hacienda —dijo la joven.

—Tendremos que arriesgarnos, intentaremos llegar a un trato con él —dijo el sacerdote.

—¿Un trato? —preguntó la joven.

—Sí, don Fernando quiere la nulidad de vuestro matrimonio, si Diego no está libre no puede volver a casarse y tener un hijo legítimo. Don Fernando se quedaría sin heredero —dijo Bartolomé.

—Pero, puede que intente matar a María, es la forma más rápida de liberar a su hijo —dijo el capitán.

—Es muy arriesgado para él. Su crimen no quedará impune. Primero, porque María es conocida en la corte y, segundo, porque los priores mandarían que le prendiesen —dijo Bartolomé.

—Pero tiene al gobernador de su lado —comentó María.

—La única manera de averiguarlo es ir hasta su hacienda —comentó Bartolomé.

El capitán se quedó pensativo, estaba convencido de que había una manera más segura de actuar.

—Iremos sin María, de esa forma evitamos el riesgo de que le hagan daño —dijo el capitán.

—Yo quiero ir —dijo la joven.

—Será mejor que os quedéis, prometo volver con vuestro padre sano y salvo —dijo el capitán.

—Quedaos. Es lo mejor para todos —comentó Bartolomé.

—¿Qué haré si les sucede algo? No podría vivir con esa culpa —dijo la joven.

—No nos sucederá nada, os lo aseguro —dijo el joven.

94

VENGANZA

✠

Tunas de Zaza, Cuba, 12 de enero de 1517

EL BARCO LES DEJÓ EN EL pequeño puerto y se alejó de nuevo. Dentro de dos días volvería a recogerlos. Si no estaban en el pequeño pueblo de pescadores, partiría sin ellos. La única manera de llegar a Sancti Spiritus era por mar. Si se retrasaban, se verían obligados a atravesar la selva, lo que supondría su muerte segura.

Tras el cambio de la capital a Santiago, Fernando de Pedrosa había convertido la comarca en su pequeño reino particular. Nada se movía en la ciudad sin su consentimiento. Sabían que, en cuanto pusieran un pie en tierra, él sería informado de su llegada. Un carro tirado por bueyes les llevó hasta la ciudad, que distaba casi medio día de la costa.

Bartolomé apenas reconoció la ciudad. Los edificios principales estaban abandonados y apenas se veía gente por las calles. La hacienda de Fernando de Pedrosa estaba muy cerca, por eso prefirieron hacer el resto de camino a pie.

Cuando divisaron a lo lejos la hacienda, los sirvientes de

Bartolomé tomaron sus espadas y el capitán llevó cargado su arcabuz. El sacerdote iba desarmado.

Dos españoles salieron de la gran casa y, apuntándoles con sus arcabuces, les preguntaron quiénes eran.

—Decid a vuestro amo que está aquí el padre Bartolomé de las Casas.

Uno de los hombres desapareció y, al poco tiempo, Fernando de Pedrosa apareció junto a media docena de hombres armados.

—¿Qué hacéis en mis tierras? No quiero saber nada de vos —dijo Fernando de Pedrosa, adelantándose a sus hombres.

—Tenéis prisionero a un cacique llamado Carib y hemos venido a pedir su liberación —dijo el sacerdote.

—¿Su liberación? ¿A cambio de qué? —preguntó don Fernando.

—Abriré el proceso de nulidad para el matrimonio de vuestro hijo —dijo Bartolomé.

—¿Nulidad? No le hace falta ninguna nulidad —contestó el hombre.

—Si no se separa legalmente, no podrá volverse a casar y no podrá daros un heredero —dijo Bartolomé.

—Seguramente a esta hora ya será libre —dijo don Fernando.

—¿Libre? No comprendo —dijo Bartolomé.

Miró al capitán con un gesto de extrañeza. No sabía qué tramaba aquel individuo.

—Mi hijo partió para Santiago hace dos días. Ahora mismo estará con esa maldita india, él arreglará las cosas —dijo don Fernando.

—No entiendo. ¿Cómo las arreglará? —preguntó Bartolomé.

—Ya es notorio que su esposa estuvo en concubinato con el hombre que os acompaña, durmió en su mismo camarote durante semanas —dijo don Fernando.

—Yo no he tocado a María, eso es infame —dijo el capitán.

—Eso es lo que decís vos, pero un hombre y una mujer bajo el mismo techo y, según tengo entendido, con sentimientos de amor, no pueden resistir los deseos de la carne —dijo don Fernando.

—¿La acusaréis de adulterio? —preguntó Bartolomé.

—No, mi hijo va a utilizar su derecho.

Bartolomé no salía de su asombro.

—El caso de adulterio también es motivo de nulidad, pero es también un proceso largo y vuestro hijo no podrá volver a casarse —le dijo el sacerdote.

—Veo que no me habéis entendido. Mi hijo no ha viajado hasta Santiago para acusar a esa india de adulterio, su intención es matar a esa ramera —dijo don Fernando.

Por unos instantes no supieron cómo reaccionar, Diego de Pedrosa estaba en Santiago con la intención de matar a María y ellos no podían hacer nada para impedirlo.

95

ENGAÑO

✠

—UN HOMBRE PREGUNTA POR VOS —DIJO Catalina.

María puso cara de extrañeza. Prácticamente nadie sabía que estaba en la isla y ella no conocía a nadie en la ciudad.

—¿Le hago pasar? —preguntó Catalina.

—¿Cómo es?

—Un caballero joven —dijo la mujer.

—Os acompañaré hasta la puerta.

Las dos mujeres recorrieron el patio y llegaron hasta el portalón. Cuando Catalina lo abrió, María apenas podía salir de su asombro. Su esposo, Diego de Pedrosa, estaba allí. Su porte era el mismo, pero tal vez su mirada era más penetrante y fría.

—María, ¿sorprendida de ver a vuestro esposo? —preguntó el joven.

—Lo cierto es que estoy sin palabras, erais la última persona que esperaba ver —dijo la joven.

—¿Puedo pasar? —preguntó Diego.

—Adelante. Estaremos en el despacho del padre Bartolomé, Catalina —dijo la joven.

La criada se retiró y María llevó a su esposo hasta la estancia. Entraron y Diego miró los libros de las estanterías.

—Vuestro protector es un hombre sabio —dijo Diego.

—Muy sabio.

—Imagino que habéis aprendido mucho de él, todos estos años —dijo Diego.

—Sobre todo de su amor por los necesitados y su lucha por los desvalidos —dijo María.

—«Los pobres siempre estarán con ustedes» —dijo Diego.

—¿Qué? —preguntó María extrañada.

—Es una frase de Cristo. Me temo que siempre habrá pobres y ricos, por mucho que se empeñe el padre Las Casas en combatirlo —dijo Diego.

—Merece la pena intentarlo, ¿no creéis vos? —preguntó María.

Diego se sentó en una silla.

—Sabéis lo que creo. Esta vida es muy corta como para desperdiciarla. Lo único que merece la pena es disfrutar de los placeres que puede conseguirnos el oro.

—Estáis muy cambiado —dijo la joven.

—No tanto como vos.

—La edad no perdona.

—No me refiero a vuestra hermosa apariencia. Seguís siendo la mujer más bella de Las Indias. Pero por dentro ya no sois tan bella.

María frunció el ceño. Diego hablaba de una forma enigmática, como si no quisiera desvelarle algo.

—Estoy perpleja. Me abandonasteis a mi suerte en España, escribisteis un testimonio falso contra mí y ahora venís a reprocharme, pero no he hecho nada malo —dijo la joven.

—Vuestra conciencia está tranquila —dijo el joven.

—Cierto.

—¡Es normal, las brujas no tenéis conciencia! El mal os posee y servís a vuestro padre el diablo —dijo Diego colérico.

—Os pido que os marchéis, no tengo nada de que hablar con vos —dijo la joven.

—Aún sois mi esposa —dijo Diego.

—El padre Las Casas pedirá a Roma la nulidad del matrimonio —dijo la joven.

—¿La nulidad? Ya está anulado ante Dios.

—¿Qué decís? Desvariáis —comentó María.

—El adulterio es un delito grave —dijo Diego.

—¿El adulterio? Estáis loco, salid de esta casa —dijo María señalando la puerta.

—Es público y notorio. No tengo nada que demostrar. Todo el mundo lo sabe —dijo Diego.

—¡Fuera!

El joven se puso en pie, se acercó a la puerta y la cerró con llave. María le miró aterrorizada.

—Todavía soy vuestro marido, ¿no es cierto? —dijo Diego guardando la llave.

96

SIN ESCAPATORIA

✠

Sancti Spiritus, Cuba, 12 de enero de 1517

EL GRUPO DE HOMBRES PERMANECÍA PARADO en mitad de la explanada. Fernando de Pedrosa estaba bien armado y protegido por siete hombres. Bartolomé únicamente contaba con el capitán y dos criados. Ya no tenía nada con lo que negociar y debían regresar a Santiago cuanto antes, la vida de María se encontraba en peligro.

—Nos marcharemos en paz —dijo Bartolomé.

—Me temo que es demasiado tarde. El lunático del padre Las Casas ha entrado en mi hacienda armado, con la intención de sublevar a los indios que tengo a mi cargo. Nadie me acusará de asesinato. Simplemente estoy protegiendo mi propiedad —dijo don Fernando.

—Nadie os creerá —dijo el sacerdote.

—El gobernador sí. Además, únicamente tengo que matar dos o tres indios para justificar vuestro intento de rebelión —dijo don Fernando.

El capitán levantó el arcabuz y apunto directamente a Fernando de Pedrosa.

—Puede que nosotros muramos, pero vos también. Será el primero en caer —dijo el capitán.

—No tengo miedo a morir. Prefiero ver agonizar a este maldito sacerdote, que vivir veinte años más —dijo don Fernando.

—Dejadnos ir y nadie resultará herido —dijo Bartolomé.

—Demasiado tarde, nunca se debió meter con los Pedrosa, somos enemigos muy peligrosos —dijo Don Fernando.

Bartolomé retrocedió un paso. No había escapatoria, debían enfrentarse a ellos, aunque eso supusiera la muerte segura.

—Dejad que se marche Felipe de Hervás, él no tiene nada que ver con este asunto —dijo Bartolomé.

—¿El hombre que se ha acostado con la mujer de mi hijo? —dijo don Fernando sarcásticamente.

El arcabuz de Felipe se disparó y el silencio de aquel caluroso mediodía se vio roto por unas descargas de pólvora, que llenaron el ambiente de humo y olor a plomo.

97

HIJA DE MALDICIÓN

✠

Santiago, Cuba, 12 de enero de 1517

MARÍA INTENTÓ QUITAR LA LLAVE A Diego, pero él la empujó con fuerza sobre la mesa.

—Mujer, antes de morir, será mejor que cumplas con tu esposo —dijo Diego con los ojos fuera de las órbitas.

—No, por favor —dijo temblando María.

El hombre se lanzó sobre ella. María intentó golpearle con los puños, pero él era demasiado fuerte. Buscó a tientas en la mesa algo con lo que golpearle, pero no encontró nada. Después le abrazó, buscando sus armas. Diego estaba tan absorto que apenas notó cuando ella le arrebató el cuchillo del cinto y lo hincó en su espalda.

—¡Maldita seas, bruja! —gritó el hombre revolviéndose de dolor.

María se tiró al suelo e intentó pedir ayuda, pero la puerta estaba cerrada por dentro. Diego se incorporó, se sacó el cuchillo de la espalda y comenzó a acercarse.

—No creas que escaparás —dijo el hombre.

—Por favor, déjame tranquila. No quiero hacerte ningún mal —suplicó la joven.

—Me engañaste dos veces, pero no lo conseguirás una tercera, mi padre ya me advirtió de que lo intentarías.

—Yo os amaba —dijo la joven.

—¡Mentira! —gritó el hombre mientras se tapaba los oídos.

—Os amaba.

—¡No! ¡Maldita seas mil veces! —gritó blandiendo el cuchillo.

Al otro lado de la puerta, varios criados comenzaron a golpear, para tratar de abrirla.

—Ya están aquí. Os matarán. Si abrís ahora, les diré que os dejen marchar.

—Tienes que morir. Eres un peligro viva. Con tus mentiras harás creer a todos que los indios y los españoles somos iguales. ¡No somos iguales! Vosotros sois escoria, nunca cambiaréis.

María corrió hacia el fondo del despacho. En el suelo brilló un cuchillo y un tenedor, que estaban sobre un plato. Aún estaban allí los restos del desayuno. Se lanzó al suelo y agarró los dos. Diego se lanzó sobre ella. En el último momento, la joven se giró y el hombre se clavó en los ojos el cuchillo y el tenedor. Dio un grito espantoso. María se apartó de él. Diego se puso en pie gritando, intentando sacarse el cuchillo y el tenedor, pero el fuerte dolor se lo impedía. María tomó la espada del cinto y la puso a la altura de su vientre.

—Dadme la llave —dijo la joven.

El hombre se lanzó hacia ella y la espada le atravesó hasta el mango. Diego dio un último grito y cayó al suelo muerto.

98

CONFUSIÓN

✠

BARTOLOMÉ NOTÓ UNA SACUDIDA EN EL brazo. Le habían alcanzado. Miró hacia Fernando de Pedrosa, estaba en el suelo y sangraba. Los criados de don Fernando desenvainaron sus espadas y corrieron hacia ellos. Bartolomé se tapó la cara con las manos. Estaba desarmado. Uno de los criados levantó la espada para decapitarlo, pero Felipe le paró en seco de una estocada. Otros dos hombres fueron por el capitán, mientras que los criados de Bartolomé se enfrentaban al resto.

El sacerdote levantó la mirada. La espada del criado muerto estaba junto a él.

—Perdóname Señor, pero no puedo dejarles solos —dijo el sacerdote mirando al cielo.

Bartolomé atacó a uno de los criados que luchaban contra el capitán y le hirió. Felipe hizo lo mismo con su contrincante.

Cuando los criados de don Francisco vieron a varios de los suyos heridos y a su amo en el suelo, tiraron sus armas y huyeron.

El sacerdote dejó su espada y se aproximó a Francisco de

Pedrosa. El hombre estaba mal herido. Se agachó a su lado y le tocó el costado, sangraba copiosamente.

—¿Queréis que os dé la extremaunción? —preguntó el sacerdote.

Don Francisco susurró algo, pero Bartolomé no logró escuchar nada. Se agachó un poco más y puso su oído a la altura de los labios del herido.

—Idos al diablo —dijo el moribundo. Acto seguido, sacó un cuchillo y lo levantó para apuñalar al sacerdote.

—¡Cuidado! —gritó Felipe atravesando la mano del moribundo con su espada.

Bartolomé se levantó de un salto. Su enemigo le miró por última vez y después cerró los ojos.

—¿Estáis bien? —preguntó el capitán.

—Sí —contestó Bartolomé.

—Vuestro brazo —dijo el joven.

—No es más que un rasguño —dijo el sacerdote tocándose la herida con la mano—. Tenemos que volver cuanto antes a Santiago.

Los cuatros hombres se alejaron de la hacienda. Bartolomé miró al cielo azul y pensó que aquella hermosa tierra no merecía tanta sangre inocente.

99

FELICIDAD

✠

CUANDO MARÍA Y FELIPE DE HERVÁS se vieron frente a la puerta de la casa, se fundieron en un abrazo. Bartolomé de las Casas tenía un brazo vendado, pero sonrió al ver a la pareja unida de nuevo.

—Dejen algo para la boda —bromeó el sacerdote.

—Padre, ¿estáis bien? —preguntó María al verle herido.

—Nunca he estado mejor. Ahora puedo irme en paz —dijo Bartolomé.

—¿Nos vais a dejar tan pronto? —preguntó Felipe.

—En una semana partiré para España, aún quedan muchas cosas por cambiar en esta bella tierra. Tengo que ver a Cisneros y al rey, si no se dictan nuevas leyes, todo nuestro esfuerzo habrá sido en vano —comentó Bartolomé.

—¿Queréis que os acompañe? —preguntó María.

—No, ya habéis hecho suficiente. Sed feliz, eso es lo que necesita el Nuevo Mundo, gente que construya y no destruya. Vuestros hijos podrán vivir en un mundo más justo —dijo Bartolomé.

—Eso deseo, padre —dijo María.

—Tenemos una sorpresa para vos —dijo el sacerdote.

—¿Una sorpresa? —preguntó la joven.

El padre de María asomó por la puerta y la joven comenzó a llorar. Ambos se abrazaron, mientras Felipe y Bartolomé observaban la escena.

—Ahora sabéis quién me acompañará a España —dijo Bartolomé señalando a su padre.

—Pero, padre, ¿estáis seguro? —preguntó la joven.

—Sí —dijo en su mal castellano su padre.

Comieron juntos y María les explicó cómo había logrado salvarse de Diego. Tras la comida, Bartolomé se retiró a su biblioteca. Aquellos dos largos años habían sido muy difíciles. Apenas había logrado nada, pero estaba convencido que, si seguía intentándolo, alcanzaría su propósito.

Abrió la Biblia latina que había conseguido en España y comenzó a leer, aquel maravilloso libro había inspirado toda su lucha. Si Dios había creado a todos los hombres iguales, si la raza humana era hija de Adán y de Eva, ¿quién era nadie para oprimir o matar a su hermano? ¿Qué importaba el color de la piel, la lengua que hablase o el idioma en el que se expresaban? Todos eran hermanos.

EPÍLOGO

Madrid, 12 de abril de 1534

Estimados Felipe de Hervás y María,

El rey me ha concedido la gracia de gobernar una ciudad en una zona de Guatemala, una tierra descubierta por Pedro de Alvarado. El rey me ha prometido que, si llevo a buen término mi plan, liberará a todos los indios, imitando la colonia que pronto formaré en dicho territorio.

Después de tantos años luchando por los indios, comienzan en Castilla a escuchar la voz de este viejo.

Conozco de vuestra felicidad, sé de vuestros cinco hijos y la hacienda que con tanto amor cuidáis en Cuba, pero os pediría que me ayudarais en esta empresa. Necesito colonos valientes, capaces de trabajar codo con codo con los indios y vosotros lo sois.

Partiré en breve para Cuba, pero quería adelantaros por carta mis deseos, para que cuando llegue a veros, ya hayáis tomado una decisión.

La vida es muy corta para perderla en sueños errados, pero aunque muchos me llamen loco, seré un loco para el Reino de los Cielos.

Dad un saludo a vuestros hijos.

Espero veros pronto.

Vuestro amigo y hermano
Fray Bartolomé de las Casas

ALGUNAS ACLARACIONES
HISTÓRICAS

BARTOLOMÉ DE LAS CASAS FUE UNO de los mayores defensores de los indios en América. A pesar de comenzar su vida siendo un conquistador, dedicó la mayor parte de su existencia a luchar a favor de los indios.

Los relatos que describen la vida y obra de Bartolomé son ciertos. Algunas fechas han sido alteradas, para agilizar la trama de la novela.

El monje dominico, Montesinos, es un personaje real y ayudó a Bartolomé en su lucha por los indios, al igual que la mayoría de los personajes de esta novela: Cisneros, el rey Fernando, el obispo Fonseca, Américo Vespucio o María de Toledo.

La joven india, María, es un personaje ficticio, pero hubo otras como ella, que lucharon por su pueblo. El personaje está inspirado en parte en la india Catalina, un personaje muy conocido en Colombia.

Fernando de Pedrosa y su hijo Diego son personajes ficticios, pero representan a muchos españoles que llegaron al Nuevo Mundo con sed de oro y que tanto mal hicieron a los indios americanos.

El capitán Felipe de Hervás tampoco es un personaje real, pero sí representa los ideales de muchos militares de su época.

Los datos sobre la tortura a indios, las masacres y la destrucción de la totalidad de la población de Las Antillas son ciertos. Algunos historiadores han intentado minimizar el número de muertos o achacarlos a las plagas y enfermedades de los primeros años de la conquista. Sin desestimar estos datos, los indios desaparecieron fundamentalmente por el maltrato de los españoles.

AGRADECIMIENTOS

A GRUPO NELSON POR INSPIRAR AL mundo en la lengua de Cervantes.

A Larry Downs, el hombre más entusiasta de la tierra.

A Graciela Lelli, una luchadora inagotable.

A Claudia Duncan, por su dinamismo y esfuerzo.

A Roberto Rivas, por su entusiasmo en vender mis libros por el mundo.

Al resto del equipo, Lluvia, Chris, Nubia y Carlos, por ser tan amables y acogedores.

A Pedro Martín, amigo fiel.

A los lectores de todo el mundo, ya somos miles y algún día seremos millones.

apéndice

CRONOLOGÍA DE AMÉRICA

1492 17 de abril de 1492: *Capitulaciones de Santa Fe*, acuerdo entre el navegante Cristóbal Colón y los Reyes Católicos, en la localidad granadina de Santa Fe, donde se recogen las condiciones en que Colón llevaría a cabo la expedición a Las Indias.

1492 **Cristóbal Colón**, con tres carabelas españolas (o, más exactamente, dos carabelas y una nao): *Santa María, La Pinta* y *La Niña*, descubre sin saberlo Las Antillas al intentar abrir un nuevo camino a China.

1493 **Cristóbal Colón** emprende su segundo viaje con una flota de quince barcos y con la misión de continuar las exploraciones y de establecer en La Española una colonia permanente.

1494 Descubrimiento de Puerto Rico y Jamaica.

1496 Fundación de Santo Domingo por **Bartolomé Colón**, hermano del descubridor.

1498 Tercer viaje de Colón: descubrimiento de la isla de Trinidad, recorrido por la costa de la península de Paria (Venezuela), exploración de la costa de Darién (Panamá)

1497 **Juan Caboto** explora las costas de los Estados Unidos y de Canadá.

1499 Los reyes suprimen el monopolio concedido a Colón para explorar las tierras descubiertas y permiten que cualquier súbdito de la Corona de Castilla pueda explorar las tierras del Nuevo Mundo. **Alonso de Ojeda** fue el primero en aprovechar el permiso real, en 1499, iniciando así los llamados **Viajes Menores** (1499–1510). El resultado de los Viajes Menores fue la exploración del litoral desde Brasil a Panamá y la demostración de que América era un nuevo continente.

1500 **Álvarez Cabral** explora las costas de Brasil.

1502 Cuarto viaje de Colón: Exploración de todo el mar Caribe, las costas de Honduras, Nicaragua, Costa Rica y Panamá.

1507 Por primera vez se describe a las nuevas tierras con el nombre de **América** en la *Cosmographiae* del alemán Martín Waldseemüller.

1508 Colonización de Puerto Rico.

1509 Colonización de Jamaica.

1511 Colonización de Cuba.

1512 **Leyes de Burgos**, primer código legislativo para Las Indias, conocidas como *Ordenanzas dadas para el buen regimiento y tratamiento de los indios.* Tras el sermón de protesta del dominico fray Antonio de Montesinos y el respaldo de los dominicos de La Española en 1511. El objetivo de las leyes era mejorar el tratamiento dado a los indios, suavizar sus obligaciones laborales y velar por su evangelización, sin discutir en ningún momento que los indios eran libres, como ya se había establecido en 1503.

1513 **Ponce de León** llega a la Florida.

Vasco Núñez de Balboa descubre el Mar del Sur (Océano Pacífico).

Juan Díaz de Solís descubre el Mar Dulce (Río de la Plata).

1515   Fundación de La Habana (Cuba).

1517   **Hernández de Córdoba** explora la península de Yucatán (México).

1518   Las tierras conquistadas hasta 1518 son consideradas jurídicamente adquiridas a título personal: mitad por el rey Fernando de Aragón (Fernando el Católico) y mitad por la Reina Isabel de Castilla (Isabel la Católica).

Juan de Grijalba explora el Golfo de México.

1519   **Hernán Cortés**, partiendo de Cuba, emprende la conquista del Anáhuac, la meseta mexicana donde se asienta el Imperio Azteca.

1519   **Hernán Cortés** conquista México.

1520   **Fernando de Magallanes** emprende la vuelta al mundo que en 1520, al llegar al Océano Pacífico por el estrecho que lleva su nombre, demostrará que se ha descubierto un Nuevo Mundo.

1522   **Pedro de Alvarado** y **González Dávila** conquistan la América Central.

Pascual de Andogaya reconoce el litoral colombiano.

1524   **Constitución del Consejo de Indias.**

1524   **Francisco Pizarro** explora el litoral del Pacífico hasta el Perú.

1527   **Francisco de Montejo** inicia la conquista de la península de Yucatán (México).

1527   **Sebastián Gaboto** se interna en el Río de la Plata hasta el Paraguay.

1528   El emperador Carlos V concede a **los Welser**, banqueros alemanes de Augsburgo, la conquista de Venezuela y el monopolio de introducir esclavos negros.

1528 **Álvar Núñez Cabeza de Vaca** recorre el sur de los Estados Unidos desde Florida hasta California y llega a Tejas.

1529 **Tratado de Zaragoza,** que fija los límites entre España y Portugal en el Pacífico.

1531 **Diego de Ordás** remonta el Orinoco.

1531 **Francisco Pizarro** y **Diego de Almagro** conquistan el Perú de los incas, desde la meseta de Quito hasta el desierto de Atacama.

1534 Creación del **Virreinato de Nueva España** (México). **Diego de Almagro** funda Quito.

1535 Se funda la **Ciudad de los Reyes** (Lima), que iba a ser el principal foco de civilización española en América del Sur. Fin de la conquista del **Yucatán.**

1535 **Nicolás Federmann** (1505–1542), explorador y cronista alemán, penetra en Venezuela.

1535 Fundación de Lima. **Antonio de Mendoza**, primer virrey de Nueva España.

1536 **Pedro de Mendoza** (1487–1537), primer adelantado del Río de la Plata y fundador de la ciudad de Buenos Aires. En febrero de 1536, Mendoza fundó el fuerte de Nuestra Señora del Buen Aire, nombre que se transformaría con el tiempo en el de Buenos Aires.
Diego de Almagro emprende la conquista de Chile.

1537 **Guerra civil en Perú**: Rivalidad entre Francisco Pizarro y Diego de Almagro por la posesión de la ciudad de Cuzco.

1537 Fundación de Asunción del Paraguay por **Domingo Martínez de Irala.**

1538 Fundación de Santa Fe de Bogotá por **Jiménez de Quesada.**

Fundación de la Universidad de Santo Domingo, primera universidad americana.

1539   Fundación de la provincia de **Nueva Granada** (Colombia, Ecuador, Venezuela y Panamá).

1540   **Gonzalo Pizarro** (1502–1548), en 1539 recibió de Francisco Pizarro el título de gobernador de Quito, en el actual Ecuador, y el encargo de organizar una expedición hacia las tierras situadas al este de dicha gobernación.

1540   **Pedro de Valdivia** emprende la conquista de Chile, que no pudo acabar Almagro y tampoco acabaría él.

1540   **Fray Bernardino de Sahún** escribe su *Historia general de las cosas de Nueva España*.

1541   **Francisco de Orellana** recorre el Amazonas, río abajo. **Hernando de Soto** explora las regiones al oeste del Mississipi.

1541   **Domingo Martínez de Irala**, en 1536 se enroló en la expedición del adelantado Pedro de Mendoza al Río de la Plata y participó, en 1536, en la fundación de Buenos Aires.

1542   Promulgación de las **Leyes Nuevas: gobierno del Nuevo Mundo**, dictadas en Barcelona en 1542, por iniciativa de fray Bartolomé de las Casas.
         Las Leyes Nuevas establecieron un conjunto de reformas dedicadas a la administración de un espacio que, tras las conquistas de México y el Perú, había adquirido unas enormes dimensiones. Se reforzaron con las **Ordenanzas** dadas en Valladolid el 4 de junio de 1543. Se estableció la existencia de dos virreinatos, el de **Nueva España** y el de **Nueva Castilla** o **del Perú**. Se reforzó el papel de las audiencias y se modificaron las antiguas

(Santo Domingo, México y Panamá), que pasaron a ser: Santo Domingo, México, Lima y Los Confines.

Se anuló la esclavitud, con la supresión del requerimiento, en medio de las teorías encontradas de fray Bartolomé de Las Casas y Juan Ginés de Sepúlveda, en contra de las encomiendas.

La encomienda fue un sistema de distribución de tributos que al ponerse en práctica se convirtió en una fórmula de dominio personal, con características casi medievales, y que se realizaba con carácter hereditario entre los conquistadores y los primeros pobladores. Las Leyes Nuevas dispusieron la desaparición progresiva de la encomienda, lo que suponía un ataque directo al poder casi feudal adquirido por los conquistadores.

En 1543, al primer virrey del Perú, Blasco Núñez Vela, le correspondió hacer cumplir las Leyes Nuevas, lo que lo enfrentó con los encomenderos y con la mayoría de los que estaban vinculados a las encomiendas. Los integrantes de la propia audiencia de Lima se manifestaron en contra de su aplicación y se produjo un choque total entre el representante del poder real y Gonzalo Pizarro, hermano del conquistador Francisco Pizarro, lo que acabó con su levantamiento y la muerte del propio virrey en 1546. En ese año, llegó al virreinato Pedro de La Gasca con el título de presidente de la Audiencia de Lima, con la orden de dar los nombramientos y las instrucciones necesarias para la aplicación de las Leyes Nuevas. En 1548, Gonzalo Pizarro fue derrotado y tanto él como sus principales colaboradores fueron ejecutados. La autoridad real controló la situación, pero el sistema de encomiendas no desapareció en su totalidad, ya que se hicieron nuevos repartos entre quienes habían ayudado al presidente de la audiencia, como premio a su apoyo.

En el virreinato de **Nueva España** el encargado de imponer las reformas fue el virrey Antonio de Mendoza, quien, ante la presión interna, optó por no imponer la supresión de las encomiendas. Con esta actitud se dio paso a una fórmula, empleada de forma habitual por los funcionarios españoles en América, conocida como "obedecer y no cumplir", que suponía aceptar la orden pero no cumplirla hasta que no se dieran las condiciones adecuadas.

1543   Fundación del **Virreinato del Perú** con capital en Lima.

1543   **Diego de Rojas** y **Francisco de Mendoza** bajan del Perú al territorio argentino que recorre en otro sentido Martínez de Irala.

1545   En 1545, el *Consejo de Indias* retiró a la casa alemana de **los Welser** la concesión para gobernar y colonizar Venezuela.

1545   Descubrimiento de las minas de **Potosí** en 1545 y fundación de la ciudad en 1546, a los pies del Cerro Rico.

1552   **Fray Bartolomé de las Casas** (1484–1566) redacta su *Brevísima relación de la destrucción de Las Indias*. Fraile dominico español, cronista, teólogo, obispo de Chiapas (México) y gran defensor de los indios. A principios de 1502, Bartolomé de Las Casas, acompañando a su padre y a su tío, se embarcó para La Española. Tuvo hacienda e indios en las orillas del río Janique y hasta 1514 siguió siendo estanciero. En 1507, regresó al Viejo Mundo y marchó a Roma, donde recibió las órdenes sacerdotales.

En 1512, vende su hacienda y se une a la conquista de Cuba, como capellán. Recibió una buena encomienda, que atendió hasta 1514. Pero pronto renunció a los indios de su repartimiento por razones de conciencia. Estaba convencido de que debía "procurar el remedio de estas gentes divinamente ordenado". Su escrito, *Brevísima relación de la destrucción de Las Indias* (1539), fue dado a conocer al emperador Carlos V en 1542.

Vuelto a España, desde Valladolid, estuvo en contacto con el emperador Carlos V, quien, prestando oídos a las demandas de Las Casas, convocó las **Juntas de Valladolid**, en las que fray Bartolomé presentó su *Brevísima relación de la destrucción de Las Indias*. Consecuencia de lo que allí se discutió fue la promulgación en el mismo 1542 de las conocidas **Leyes Nuevas**. En ellas se prohibía la esclavitud de los indios, se ordenaba además que todos quedaran libres de los encomenderos y fueran puestos bajo la protección directa de la Corona.

En 1543 el emperador lo presentó como candidato al obispado de Chiapas. El nuevo obispo dispuso que nadie pudiera absolver a quienes tuvieran indios esclavos. Esto provocó reacciones extremadamente adversas. Las Casas excomulgó a los encomenderos y a quienes se oponían a lo dispuesto por él.

En 1550, se convocó en Valladolid a una junta de teólogos, expertos en Derecho Canónico, para discutir cómo debía procederse en los descubrimientos, conquistas y población en Las Indias. Participaron en la Junta, además de Las Casas, Juan Ginés de Sepúlveda, fray Domingo de Soto, fray Melchor Cano y fray Bartolomé Carranza. Tanto fray Bartolomé como Sepúlveda expusieron allí sus ideas. Escritos muy diferentes se derivaron de esa Junta.

De las Casas murió en Madrid en 1566 y es hoy reconocido

universalmente como uno de los precursores, en la teoría y
en la práctica, de la defensa de los derechos humanos.

1561 **Juan de Garay** (1528–1583), explorador y colonizador
español, segundo fundador de Buenos Aires.

1567 Fundación de Caracas, con el nombre de Santiago de León
de Caracas, por **Diego Losada.**

1571 Fundación de Manila por López de Legazpi.

1572 Drake ataca las posesiones españolas en América.

1585 Primeras misiones jesuitas en Paraguay.

ACERCA DEL AUTOR

Mario Escobar Golderos, licenciado en Historia y diplomado en Estudios Avanzados en la especialidad de Historia Moderna, ha escrito numerosos artículos y libros sobre la Inquisición, la Reforma Protestante y las sectas religiosas. Trabaja como director ejecutivo de una ONG y es director de la revista *Nueva historia para el debate*, colaborando como columnista en distintas publicaciones. Apasionado por la historia y sus enigmas ha estudiado en profundidad la historia de la iglesia, los distintos grupos sectarios que han luchado en su seno y el descubrimiento y la colonización de América, especializándose en la vida de personajes heterodoxos españoles y americanos. Visitar www.marioescobar.es para más información.